AF191748

# Eric Dammsky

# Die Prophezeiung des Meisters

Historische Erzählung

Die in diesem Buch vorkommenden Personen sind, soweit sie nicht historisch bedeutend waren, frei erfunden. Immer wenn Quellen zur Verfügung standen, wurden diese originalgetreu in die Rahmenhandlung übernommen. Die einfachen Leute und der niedere Adel, die im Mittelpunkt der Erzählung stehen, sind reine Fantasiegestalten, auch wenn es zeitlich und örtlich zur Handlung passende Persönlichkeiten gegeben haben sollte, die damals wirklich gelebt haben.

Die Erzählung spielt in der zweiten Hälfte des siebenjährigen Kriegs, in der Zeit von 1760 bis 1763.

© 2011 Eric Dammsky
Herstellung und Verlag:
Books on Demand GmbH, Norderstedt
ISBN 978-3-8448-0348-8

# 1.

Der Winter des Jahres 1760/61 begann schon im November mit Schnee und Eis. Trotzdem war es im Mittel nicht mehr so kalt wie in den vorhergegangenen Jahren, in denen es extreme Kälteeinbrüche gegeben hatte. Das Ende einer kleinen Eiszeit, die über dreihundert Jahre gedauert hatte, zeichnete sich ab.

Conrad war fest davon überzeugt, noch nie eine so kalte Jahreszeit erlebt zu haben. Das lag vor allem daran, dass der zwanzig Jahre alte Handwerksgeselle auf der Wanderschaft stundenlang dem Wetter ausgesetzt war. Seine leichte Jacke schützte ihn nur wenig gegen den kalten Nordostwind. Der gelernte Müller war zwei Wochen vor Weihnachten, nach einer nur neun Monate langen Wanderung, zur Mühle seines Vaters im Badischen zurückgekehrt und dort nicht mit offenen Armen empfangen worden. Seine Mutter hatte sich sehr gefreut, sein Vater hatte ihm jedoch klar gemacht, dass er im Moment keine Arbeit für ihn habe. Ein Jahr mit Missernten lag hinter der Region. Nicht nur die Bauern waren betroffen, sondern auch die Müller, deren Mühlen nicht ausgelastet waren und die Bäcker, die kein Mehl hatten, um Brot zu backen. Als Folge des mageren Jahres herrschte Chaos und ein allgemeiner Mangel an Lebensmitteln. Sogar die Feudalherren verzichteten auf den Zehnt, wenn ihren Untertanen das Verhungern drohte. Nachdem als Folge des Dauerfrosts auch noch die Mühlbäche zugefroren waren, ruhte der Betrieb vieler Mühlen völlig.

Im deutschen Reich herrschte seit vier Jahren Krieg. Als Alliierte kämpften eine britisch-hannoversche Armee, Braunschweig und Hessen auf der Seite Preußens gegen die mit Österreich verbündeten Franzosen, Russen, Schweden und Sachsen. Der Krieg hatte sich an Schlesien entzündet und sich wie ein Flächenbrand ausgeweitet. Auch in den Kolonien in Übersee wurde gekämpft.

Fremde Heere mit Zehntausenden von Soldaten zogen durchs Land, deren Versorgung die Vorräte der Bevölkerung aufbrauchte. Wie Heuschreckenschwärme, die einen Landstrich erst wieder verließen, wenn er kahl gefressen war, verlegten die Heerführer ihre Truppen bei Versorgungsengpässen in Gebiete, die noch nicht ausgeplündert waren, oft ungeachtet militärischer Überlegungen.

Bei seiner Wanderschaft hatte Conrad besonders darauf geachtet, den berittenen Spähtrupps aus dem Weg zu gehen. Es war normal, dass herumziehende Handwerksburschen rekrutiert wurden. Oft wurden sie dazu gezwungen, die vorgefertigten Verträge zu unterschreiben, die ihre Zugehörigkeit zum Militär besiegelten. Viele von ihnen kamen in den Schlachten und Scharmützeln ums Leben.

Conrad lebte in einer Gesellschaft, in der die jungen Männer von zu Hause verstoßen wurden, sobald sie einen Handwerksberuf erlernt hatten. Die Zünfte in Stadt und Land wollten so den Wettbewerb steuern. Sich woanders niederzulassen, war ebenso schwierig wie im Heimatort. Um die Zuwanderung zu verringern, wurde die Zulassung zur Meisterprüfung durch unerfüllbare Auflagen erschwert. In manchen Berufen war die Prüfung so schwer, dass man sie unmöglich bestehen konnte.

Lange Wanderzeiten waren vorgeschrieben, in der Hoffnung, einen Teil der Handwerksburschen, die auf ihren Wanderungen vielen Gefahren ausgesetzt waren, nie mehr wieder zu sehen. Nach weniger als einem Jahr ins Elternhaus zurückzukommen, wie Conrad es gemacht hatte, war schon fast unehrenhaft. Eigentlich hätte er einen anderen Beruf als Müller lernen sollen, da immer nur der älteste Sohn die Mühle übernehmen konnte. Er liebte diesen Beruf jedoch über alles, auch wenn er mit großer Wahrscheinlichkeit sein Leben lang Mühlenknecht bleiben würde.

Die spontane Rückkehr nach Hause war in der gegenwärtigen Lage das Beste für ihn. Er hatte im vergangenen Jahr nur während des Sommers eine An-stellung finden können und war danach weiter nach Norden ins Hessische gewandert, wo die Dichte der militärischen Verbände stark zunahm. Nicht immer hatte er nach anstrengenden Märschen abends eine Bleibe finden können. Eigentlich war jede Mühle ver-pflichtet, ihm freie Kost und Logis für eine Nacht anzubieten. Durch die vielen wandernden Gesellen wurde er jedoch oft mit dem Hinweis abgewiesen, dass es keinen Platz mehr gäbe.

Dann kam der Winter früher als erwartet. Bei eisigen Nordostwinden wurde die Wanderschaft zur Qual. Immer wieder hörte man von Handwerksburschen, die draußen erfroren waren. Das entscheidende Erlebnis, das Conrad dazu brachte, wieder Richtung Heimat zu ziehen, war der Tod Ludwigs, eines Gesellen, dem er sich auf seiner Wanderschaft angeschlossen hatte.

Sie waren gegen Abend bei einsetzendem Schneefall in die Scheune eines Bauernhofs geschlichen, um dort zu übernachten. Da sie während des Tags nichts zu Essen bekommen hatten, kam sein Freund mitten in der Nacht auf die Idee, im Wohnhaus des Gehöfts nach etwas Essbarem zu suchen. Kurz danach waren verzweifelte Schreie und lautes Poltern zu hören. Der Geselle kam nicht zurück. Am nächsten Morgen setzte Conrad voller Angst seine Wanderschaft alleine fort. Eine Viertelmeile vom Hof entfernt fand er Ludwig schließlich blutüberströmt und erfroren abseits des Wegs in einem Wiesengrund an einem Bach liegen. Man hatte ihn erschlagen. Die vom Neuschnee schon fast zugewehte Spur eines Karrens hatte Conrad zur Leiche geführt. Es gab für ihn keinen Zweifel, dass sein Begleiter auf dem Bauernhof ermordet und hierher gebracht worden war.

In einer Zeit, in der nach verheerenden Schlachten oft Tausende von Toten im Gelände herum lagen, interessierte sich kaum jemand für eine einzelne Leiche. Die Menschen waren abgestumpft und niemand würde im besetzten Hessen diesen Fall untersuchen, um den oder die Schuldigen zu finden.

Conrad packte blankes Entsetzen. Schlagartig wurde ihm klar, wie wenig das Leben eines herumziehenden Gesellen wert war. Er nahm die Kundschaft des Freundes an sich, die dieser in einer Tasche auf der Brust trug und fasste spontan den Entschluss, zurück zur elterlichen Mühle zu wandern, um dort das Frühjahr abzuwarten.

Sein Vater hatte vor einigen Jahren den Betrieb an seinen ältesten Sohn Paul weitergegeben, dessen Frau und vier kleine Kinder ebenfalls in der Mühle lebten. Trotzdem bestimmte der alte Müller weiterhin, was zu tun war. Da es ein Erbpachtbetrieb war, hatte Conrads Bruder problemlos Pächter der Mühle werden können, die zu den Gütern des Markgrafen August Georg von Baden gehörte.

Die Familie war privilegiert und wohlhabend. Sie besaßen Land, auf dem sie Hühner, Tauben, Schweine, Ziegen, Kühe und zwei Ochsen hielten und mussten keinen Hunger leiden, da Conrads Vater einen Kornspeicher besaß, der trotz des herrschenden Mangels gut gefüllt war. Im Gewölbekeller unter dem Wohnhaus hingen Würste von der Decke, Hartkäseleiber lagerten auf Holzrosten und in blau und grau lasierten Tongefäßen waren Gurken, Bohnen und Kohl eingemacht.

Im Laufe seines Lebens hatte der Müller die beachtliche Summe von zweitausend Gulden gespart, die dazu dienen sollte, nach seinem Tod oder bei Heirat die Erbteile seiner Kinder auszuzahlen.

Von Conrads Geschwistern waren außer seinem Bruder nur noch zwei jüngere Schwestern im Haushalt, die sich den ganzen Tag plagen mussten und dafür nur ihr tägliches Brot und die Kleidung bekamen. Nur am Kirchweih- und Erntedankfest erhielten sie zwei Kreuzer vom Vater. Sie putzten sich heraus und

hofften, beim Tanz um die alte Linde auf dem Marktplatz einen Mann zu finden.

Nach Feierabend versammelte sich die gesamte Familie an einem langen Eichentisch in der Wohnstube,
um gemeinsam zu Abend zu essen. Bei dieser Gelegenheit hielt der Müller meistens eine kurze Ansprache,
in der er die Aufgaben für den nächsten Tag verteilte. Danach sprach er ein Gebet. Alle Anwesenden
mussten mit dem Essen warten, bis er sich den ersten
Bissen in den Mund gesteckt hatte.

Conrad liebte das gemeinsame Abendessen, das ohne jede Hektik eingenommen wurde. Die Portionen
wurden von der Müllerin zugeteilt und richteten sich
nach der Schwere der Arbeit, die ein Familienmitglied
leisten musste. Auch die Kinder saßen mit am Tisch,
durften aber nicht sprechen, wenn sich die Erwachsenen unterhielten.

In der Wohnstube war es meistens angenehm warm,
da sie zur Rauchküche hin geöffnet war. Dort brannte
fast den ganzen Tag ein Feuer, das mit trockenen Ästen in Gang gehalten wurde. Die kleinen Schlafstuben
im ersten Stock und Dach des Wohnhauses wurden
nicht geheizt. In diesen Zimmern war es kaum wärmer
als draußen. Jeden Morgen hatten sich durch den
feuchten Atem dicke Eisblumen an den Fenstern niedergeschlagen.

»Wir brauchen wieder Brennholz!«, sprach der Müller Conrad an,

»du fährst morgen mit deinen Schwestern in den
Wald und holst eine Fuhr, damit wir für den Rest des
Winters nicht frieren müssen!«

Die Müllerin versuchte einen schwachen Protest gegen die Anordnung, da sie ihre Töchter im Haushalt benötigte, die Worte erstarben ihr jedoch unter dem strengen Blick des Müllers auf den Lippen.

Der nächste Morgen begann mit eisiger Kälte, die sich in der Niederung des Mühlbachtals gestaut hatte. Die Nacht war sternenklar gewesen und der letzte Funken Wärme in den am Boden liegenden Luftschichten ins Weltall abgestrahlt. Im Osten entwickelte sich ein schwach rötlicher Saum am Himmel. Die hellsten Sterne waren in der Morgendämmerung noch zu sehen. Conrad suchte den Himmel nach Auffälligkeiten ab, konnte aber keine entdecken. Viele Augen richteten sich im Moment Abend für Abend nach oben, wenn kurz nach Sonnenuntergang zwei hell leuchtende Sterne sehr nah beieinander standen und sich mit jedem Tag näher kamen, als würden sie bald zusammenstoßen. Es sah unnatürlich aus und machte den Menschen Angst. Ungewöhnliche Ereignisse am Himmel wurden als Vorboten großer Unglücke betrachtet. Für den Pfarrer des Dorfs waren sie eine willkommene Gelegenheit, seine Schafe von der Kanzel der Kirche zu mehr Frömmigkeit aufzurufen.

»Was die Bedeutung dieser beiden Sterne sei«, predigte er, »ist niemand besser als dem lieben Gott bekannt, der sei uns gnädig und strafe uns nicht nach unserem Verdienste!«

In diesem Punkt wusste Conrad ein wenig mehr als der Pfarrer. Die beiden hell strahlenden Sterne waren die beiden Planeten Mars und Venus.

Der junge Müllerssohn konnte im Gegensatz zu allen anderen Bewohnern der Mühle lesen und schreiben. Sein Vater war der Ansicht, dass wenigstens einer in der Familie diese Kunst beherrschen müsse und hatte seinen Sohn schon im Alter von sechs Jahren zu einem Lehrer geschickt. Mit zehn las Conrad begeistert die Bücher in der kleinen Bibliothek des Pfarrhauses. Der Müller und sein Sohn Paul waren keine totalen Analphabeten. Sie konnten die wichtigsten Begriffe schreiben und Zahlen addieren und subtrahieren. Anders hätten sie ihr Geschäft nicht führen können.

Seine Kenntnisse über Astronomie hatte Conrad bei einer Frau erworben, die im Dorf wohnte und Geburtshoroskope anfertigte. Trotz ihres christlichen Glaubens waren die Bewohner der kleinen Ortschaft wie versessen auf diese Weissagungen und es gab kaum eine Familie, die sie nicht angefordert hätte. Die Wahrsagerin hatte an der exakt in Nord-Süd-Richtung verlaufenden Wand ihres kleinen Häuschens eine schwenkbare Latte angebracht, deren Winkel zum Horizont durch eine Gradskala angezeigt wurde. Damit konnte sie die Zenitdurchgänge der Gestirne messen. Sie besaß auch ein großes hölzernes Astrolabium. Conrad verbrachte jede freie Minute bei ihr, um sich die Funktionsweise ihrer Geräte und die Technik der Wahrsagung erklären zu lassen. Um ein Horoskop erstellen zu können, musste sie unter anderem wissen, in welchem Haus des Himmels die Planeten zum Zeitpunkt der Geburt gestanden hatten. Conrad lernte von ihr, wie man die Planeten am Himmel finden und identifizieren konnte. Er las auch in ihren alten Büchern und hatte bald ein außergewöhnliches Wissen über Astronomie und Astrologie. In einem der alten Schriften fand er einen mittelalterlichen Distichon, der die Bedeutung der Häuser erklärte:

Es lebt(I) reich(II) Bruder(III) Vater(IV) Kind(V),
Krank(VI) Hausfrau(VII) alle Tods - Gesind(VIII),
Und wandelt auch(IX) mit Herrlichkeit(X),
Hat Glück(XI), wo Gefängnis nicht bringt Leid(XII).

Conrad hatte ein Problem mit seinem eigenen Horoskop, weil bei seiner Geburt der Drachenschwanz als Unglücksbringer im zwölften Haus gestanden hatte.

»Lass dich nie ins Gefängnis werfen und mach immer einen großen Bogen um den Schultheiß!«, neckte ihn die Wahrsagerin öfters.

Die Bewohner des Dorfs hielten sie für eine Hexe. Sie hatte das Glück, dass es in Baden keine Hexenprozesse mehr gab und dass sie gebraucht wurde.

Conrad musste an die Worte des Pfarrers denken, als er die beiden Ochsen vor den Wagen spannte und lächelte in sich hinein. Er glaubte an die Allmacht Gottes, war aber überzeugt davon, dass man viele als übernatürlich betrachtete Phänomene wissenschaftlich erklären konnte. Seine beiden Schwestern erschienen und brachten einen Kanten Brot und einen prall gefüllten Wassersack aus Ziegenleder mit. Sie waren in bester Laune und unterhielten sich flüsternd, wobei sie immer wieder in ein unterdrücktes, kicherndes Lachen ausbrachen. Die heutige Aktion war für sie eine schöne Abwechslung von der täglichen Hausarbeit.

Conrad lenkte das Gespann auf einen Feldweg, der Richtung Wald führte. Er saß auf dem schmalen Bänkchen des Heuwagens und trieb die Ochsen an, während seine Schwestern sich aneinandergeschmiegt auf die Ladefläche duckten. Im verschneiten Wald stieg das Gelände steil an. Der Weg verwandelte sich in einen Hohlweg. Conrad musste sich vorher überlegen, ob seine Zugtiere es schaffen würden, den Wagen den Hang hinaufzuziehen. Wenn er stecken blieb, würde es extrem schwierig werden, wieder umzukehren. An ein Wenden war in der engen Hohle nicht zu denken.

Die starken Ochsen schafften es mühelos, den Anhänger bis auf die flache Kuppe zu ziehen. Conrad stellte das Fuhrwerk ab und begann mit seinen Schwestern, trockenes Holz zu suchen. Durch die Schneedecke waren die kleinen Äste am Boden zugedeckt. Große, armdicke Prügel ragten jedoch aus dem Schnee heraus. Seine fleißigen Schwestern schleppten einen Ast nach dem anderen herbei. Er versuchte, besonders dicke Buchenstücke zu bergen, die lang brannten und eine satte Glut ergaben.

Conrad durfte nur Holz mitnehmen, das er auflesen konnte. Das Absägen von Ästen oder gar das Fällen der Bäume war in der Markgrafschaft Baden verboten. Trotzdem hatte er eine Säge dabei, mit der er abgestorbene Äste von umgestürzten Stämmen trennte und lange Prügel mittig teilte.

Eine Stunde nach der anderen verging, während eine kalte Sonne aufstieg, die sich gegen den grimmigen Winter nicht behaupten konnte. Um die Mittagszeit erhob sich ein scharfer Nordwind, der den Pulverschnee aufwirbelte und mit sich führte, um ihn an Hindernissen wieder fallen zu lassen. In kurzer Zeit waren Schneewehen entstanden. Auch die Furt, durch die das Gespann gefahren war, füllte sich langsam. Es wurde immer schwieriger, Holz aufzulesen. Der Wind blies so scharf, dass Conrad und seine Schwestern trotz der anstrengenden Arbeit jämmerlich froren. Obwohl der Anhänger erst zur Hälfte gefüllt war, entschied Conrad, wieder nach Hause zu fahren, auch wenn er wusste, dass ihm das Ärger mit seinem Vater einbringen konnte. Die Gesundheit seiner frierenden Schwestern war ihm in diesem Moment wichtiger. Er hätte seinen Entschluss eine halbe Stunde früher fassen sollen. Der Wind hatte sich zu einem heftigen Schneesturm gesteigert, der brüllend und wie ein Bote des Weltuntergangs durch den Hochwald rauschte.

Der Wagen sackte in der Furt in meterhohe Schneeverwehungen, in denen auch die Ochsen bis zum Bauch einsanken und in Todesangst erstarrten. Conrad nahm einen Knüppel und drosch auf die Tiere ein, die sich schließlich wieder frei strampelten und Boden unter die Hufe bekamen. Immer wieder stockte jedoch die Fahrt. In der Kiste unter dem Kutschbock befanden sich für solche Fälle zwei starke Seile, die Conrad an das Geschirr der Ochsen band. Seine Schwestern ergriffen das jeweils andere Ende, schlangen es über ihre Schultern und zogen vom Rand des Hohlwegs, bis sie fast vor Erschöpfung zusammenbrachen. Zum Glück ging es bergab. Conrad schlug weiter unablässig auf die Ochsen ein, bis nach über einer Stunde endlich der Feldweg erreicht war, der zur Mühle führte.

Bei ihrer Ankunft liefen alle Bewohner des Gehöfts zusammen, um zu helfen. Die erschöpften Mädchen, deren glühende Gesichter große weiße Stellen aufwiesen, wurden in die Rauchküche ans Feuer gebracht und dort mit warmen Umschlägen behandelt. Conrads Vater war glücklich, dass sein Sohn das Gespann wieder heil zurückgebracht hatte. Er holte eine Flasche selbst gebrannten Birnenschnaps aus dem Keller und schenkte allen ein Glas ein. Die Müllerin fing zu beten an und dankte Gott, dass er ihre Kinder verschont habe. Alle konnten sich noch daran erinnern, wie vor zwei Jahren die Familie eines Bauern beim Holz holen im Wald vom Schnee überrascht worden war. Einige Wochen später hatte man sie weit weg vom Dorf erfroren in einem Dickicht gefunden, in dem sie Schutz vor dem Schneesturm gesucht hatten. Sie mussten völlig die Orientierung verloren haben.

Der Winter blieb hart und der Mühlenbetrieb ruhte. Das bedeutete jedoch nicht, dass es nichts zu arbeiten gab. Die großen, hölzernen Zahnräder des Mahlgangantriebs waren verschlissen. Die einzelnen Zähne der Räder bestanden aus Eiche und waren längs zur Faser geschnitten, um eine maximale Festigkeit zu erreichen. Trotzdem waren einige abgebrochen oder an der Spitze zersplittert. Aus einem gehobelten Eichenbrett sägte Conrad mit Hilfe einer Schablone neue Zähne, die er dann noch glatt schliff und in Leinöl kochte. Das schwere Rad wurde dann von seiner Welle geschoben und mit einem Flaschenzug angehoben, damit die neuen Zähne eingesetzt werden konnten. Auch das Mühlrad, an dem lange Eiszapfen hingen, musste an einigen Stellen geflickt werden. Hier war vor einigen Jahren eine Magd von dem schmalen Steg gefallen und zerquetscht worden. Die Arbeit in der Mühle war gefährlich. Über die frei liegenden Räder und langen Wellen wurden große Kräfte übertragen. Eine Unachtsamkeit bei der Arbeit konnte tödlich enden.

Der Frühling deutete sich an. Von einem Tag auf den anderen wurde es wärmer. Krokusse und Schneeglöckchen schossen aus dem Boden. Dann folgten die Anemonen, die den Waldboden mit einem Blütenteppich überzogen. Die Mühle war wieder in Betrieb. Es gab jetzt, am Ende des Winters, einen großen Mangel an Mehl und die letzten Vorräte an Weizen- und Roggenkörnern wurden gemahlen. Manch ein Bauer verschätzte sich in diesem Jahr und behielt nicht genug Körner für die nächste Aussaat zurück.

Für Conrad war der Zeitpunkt gekommen, sein Elternhaus wieder zu verlassen. Er hatte ein Ziel: die Mühle seines auf der Wanderschaft umgekommenen Freundes Ludwig.

## 2.

Die Mühle, aus der sein verstorbener Freund stammte, befand sich etwa fünf Tagesmärsche nördlich der badischen Heimat Conrads in einer Enklave des Erzbistums Mainz, umgeben von den Landgrafschaften Hessen-Cassel und Hessen-Darmstadt. Im Gegensatz zu vielen anderen Mühlen lag das größtenteils aus Stein erbaute Vierkantgehöft nicht in einem einsamen Wiesengrund, sondern an einer strategisch wichtigen Brücke über die Ohm, einem kleinen Fluss, der an dieser Stelle vierundzwanzig bis dreißig Fuß breit und fünf bis sieben Fuß tief war. Hier verlief eine der bedeutendsten Ost-West-Verbindungen im Reich, gekreuzt von einem wichtigen Nord-Süd-Handelsweg, was zur Folge hatte, dass um die Brücke herum ein kleiner Weiler entstanden war, zu dem außer der Mühle auch ein Wirtshaus, eine Bäckerei, eine Schmiede, eine Ziegelei und eine Zollstelle gehörten, an der die Waren der einreisenden Händler kontrolliert und verzollt wurden. In einem Nebengebäude der Schmiede arbeitete ein Stellmacher. An Reparaturen defekter Räder und Gestellen von Fuhrwerken und Kutschen gab es keinen Mangel.

Die Lage der Mühle war Fluch und Segen zugleich. Das Geschäft lief gut. Trotz der Konkurrenz von über zwei Dutzend weiterer Mühlen an der Ohm brachten auch weiter entfernte Bauern ihr Getreide vorbei, das zu einem sehr feinen Mehl gemahlen und gleich zu Brot verbacken werden konnte. Durch die vielen Reisenden, die hier durchkamen, gab es ständig einen hohen Bedarf an Brot. Andererseits kamen auch arme Landstreicher des Wegs, die eine große Geschicklichkeit darin besaßen, sich das, was sie nicht kaufen konnten, mit langen Fingern zu angeln. Das konnte auch schon mal ein Huhn sein, das frei herum lief. Der Müller hatte seine freien Wiesenflächen vor einigen Jahren mit einem hohen Holzzaun umgeben, um Räuber und Diebe fernzuhalten. Seitdem hatte er einigermaßen Ruhe.

Das Mühlengehöft befand sich am Fuß eines kleinen Berges aus Basalt, der vulkanischen Ursprungs war und ungewöhnlich steile Hänge hatte. Auf dem Plateau dieses stumpfen Kegels lag der mit einer Stadtmauer befestigte Ort Amöneburg mit seinem Schloss.

Durch die Lage direkt an der Ohmbrücke hatte die Mühle schon seit dem Mittelalter den Namen »Brücker Mühle«. Sie konnte nicht nur Getreide mahlen. Sowohl ein Sägegatter als auch ein schwerer Hammer waren mit der Hauptwelle des Mühlrads verbunden, an der ein eiserner Nocken angebracht war, der den Hammer erst anhob und dann wieder fallen ließ. Diese Vorrichtung wurde vor allem dazu benutzt, Eisen- und Messingbleche dünn und hart zu schmieden. Das Sägegatter, mit dem kleinere Stämme zu Bohlen zersägt werden konnten, wurde über eine Pleuelstange hin- und hergeschoben. Im Gegensatz zu vielen anderen Mühlen hatte die Brücker Mühle auch im Sommer immer genug Wasser, um den Betrieb voll aufrechterhalten zu können.

Einige Meilen flussaufwärts lag der kleine Ort Schweinsberg, in dessen Mitte eine Burg auf einem Hügel aus Basalt thronte. Die Barone dieser Burg waren durch ihre jährlichen Einnahmen von 35.000 Gulden so reich, dass sie sich schon seit Generationen ein kostspieliges Hobby leisteten: Sie sammelten Uhren. Manche dieser Zeitmesser waren mit komplizierten astronomischen Anzeigen versehen und kosteten so viel wie ein ganzes Fachwerkhaus. Zur Wartung dieser kostbaren Tisch- Wand- und Standuhren hatte sich schon vor Jahrzehnten ein Uhrmacher im Ort niedergelassen, der sich auch um die Getriebe der umliegenden Mühlen kümmerte. Besonders eng war er mit der Brücker Mühle verbunden, wo er die für seine Uhren benötigten Messing- und Stahlbleche mit dem Hammerwerk auf die erforderliche Dicke und Härte hämmerte.

Der Uhrmacher und Astronom, der weit über die Region hinaus bekannt war und sich selbst nach einem bedeutenden Werk des Kopernikus »Commentariolus« nannte, war alt geworden. Der Weg zur Brücker Mühle wurde für ihn immer beschwerlicher. Sein letzter Geselle, der ihm noch bis vor einem Jahr die körperlich schweren Tätigkeiten abgenommen hatte, war nach seiner Meisterprüfung in seine Heimatstadt zurück gewandert.

Eine Familie hatte Commentariolus nie gehabt. Im Moment saß er oft allein am Fenster seiner Werkstatt und blickte hinaus auf die Dorfstraße, die nicht durchgehend gepflastert und an manchen Stellen durch die Schneeschmelze und längere Regenfälle stark aufgeweicht war. Überall befanden sich tiefe Pfützen, sodass der Uhrmacher sich kaum noch hinaus wagte. Die Gefahr, auf dem glitschigen Schlamm auszurutschen und zu stürzen war hoch. Seine Nachbarn versorgten ihn zum Glück mit Lebensmitteln. Er hatte genug gespart, um noch viele Jahre für seinen Lebensunterhalt aufkommen zu können, auch wenn er keine neuen Aufträge mehr angenommen hätte. Im Moment gab es jedoch Arbeit im Überfluss. Er reparierte aber keine Uhren, sondern Waffen. Die Ausstattung seiner Werkstatt erlaubte ihm die Herstellung von Drehteilen, Schrauben und Hebeln, wodurch er in der Lage war, Pistolen und Gewehre zu reparieren. Er hatte so viele Aufträge, dass er kaum hinterher kam.

Seine größte Angst war, dass man ihm sein Erspartes stehlen würde. Die Sorge war unbegründet, da er schon vor vielen Jahren wegen der wertvollen Uhren, die oft in seiner Werkstatt standen, die Fenster seines Hauses hatte vergittern lassen. Die schwere Eingangstür aus Eiche war mit einem großen eisernen Kastenschloss gesichert, dessen komplizierten Schlüssel er selbst entworfen hatte.

Schweinsberg war im Moment voller Soldaten, da sich entlang der Ohm alliierte und französische Kontingente gegenüberstanden. Obwohl die Truppen im Ort Verbündete waren, mussten die Bauern ihre letzten Vorräte herausgeben. Hunderte von Obstbäumen waren bereits abgeschlagen und verheizt worden. Auch an Commentariolus' Tür hatten die Eintreiber geklopft, die nicht nur Sachen, sondern auch Geld einzogen. Er hatte sich ganz still verhalten und sie waren weitergezogen, nachdem sie noch mit einem Gewehrkolben gegen das Schloss geschlagen hatten, das standhielt. Vielleicht hatte sie auch das Schild »Burguhrmacher« abgehalten, das Commentariolus angebracht hatte.

In diesem Moment klopfte es leise an die Tür. Vom Fenster aus konnte er sehen, dass Emilia, die schöne Tochter des Müllers der Brücker Mühle, vor seiner Tür stand. Er ließ die Sechzehnjährige herein, die ein Brot für ihn mitgebracht hatte.

»Ist er hier?«, flüsterte sie ängstlich.

Der Uhrmacher wusste, wen sie meinte.

»Nein, du brauchst keine Angst zu haben, er war schon länger nicht mehr hier. Die Burg wird im Moment vom Oberbefehlshaber der alliierten britisch-hannoverschen Armee, dem Herzog Ferdinand von Braunschweig, als Hauptquartier benutzt. Schweinsberg ist im Moment ein Heerlager, wie du vielleicht gesehen hast. Er hat jetzt andere Sorgen.«

Man konnte dem Mädchen die Erleichterung ansehen. Ihre Angst galt einem adligen Fahnenjunker, der in einem Haus der Burg lebte und dort die Wachen befehligte. Sie war von dem zudringlichen Mann vor einigen Wochen im Dunkel des Flurs gegen die Wand gedrückt worden, nachdem dieser mehrere Gewehre zur Reparatur vorbeigebracht hatte. Obwohl Emilia eine schmale Person war, war sie durchaus wehrhaft. Sie hatte sich aus seinem Griff gedreht und ihn fest gegen das Schienbein getreten, worauf er aufgejault hatte wie ein Straßenköter, dem ein Karren über den Schwanz gefahren war. Seitdem hatte die Müllerstochter Angst vor seiner Rache.

Sie war einem Gesellen namens Hannes versprochen, der in der Mühle ihres Vaters arbeitete und bald seine Meisterprüfung ablegen wollte. Ihr Vater hatte bereits in Aussicht gestellt, dass Hannes danach in den Pachtvertrag der Mühle einsteigen könne, falls sein Sohn Ludwig anderweitig unterkäme.

Emilia hatte ihrem Verlobten erzählt, dass der Fahnenjunker ihr nachstellte. Im ersten Affekt hatte der Müllersgeselle, der eine Figur wie ein Bär hatte, den adligen Herrn zur Rede stellen wollen, kam jedoch schnell davon ab. Ein Streit mit der Obrigkeit konnte die Pacht der Mühle kosten, auch wenn diese nicht auf dem Gebiet der Landgrafschaft Hessen-Cassel stand.

»Vielen Dank für das Brot«, sagte der Uhrmacher, »du hast sicher noch ein Anliegen.«

»So ist es, ich möchte Euch bitten, zur Mühle zu kommen. Wir haben ein Problem mit dem Mahlwerk, das schnell behoben werden muss.«

Der Meister seufzte.

»Ich schaffe den Weg nicht mehr. Leider habe ich auch keinen Lehrling, den ich schicken könnte, um den Schaden aufzunehmen. Falls es um ein Teil geht, das ich hier in meiner Werkstatt anfertigen kann, mache ich das gerne. Ich bräuchte aber eine Zeichnung.«

»Ich werde das dem Müller ausrichten.«

Als Emilia wieder gegangen war, aß der alte Uhrmacher erst ein Stück trockenes Brot, bevor er sich in seine Werkstatt begab. Auf einem Tisch in der Mitte des Raums stand ein beachtliches Räderwerk aus

Eichenholz, das die Ausmaße eines Kleiderschranks hatte. Es bestand aus weit über hundert Zahnrädern und wurde nicht von einem Uhrwerk, sondern von einer Handkurbel angetrieben. An seiner Vorderseite befand sich ein Astrolabium mit Tympanum, Rete und vielen Zeigern, die an ihren Enden Planetensymbole trugen.

Das Holzwerk war von einem berühmten Uhrmacher des 16. Jahrhunderts in Cassel entworfen und gebaut worden. Es war als Modell für eine Turmuhr gedacht gewesen, die nie fertiggestellt wurde. Über fünf Generationen hatte es die Familie von Commentariolus weitergegeben. Niemand hatte bisher alle Funktionen des komplizierten Mechanismus verstanden.

Der alte Uhrmacher war ein versierter Astronom und wusste, was das Werk anzeigte. Immer wieder staunte er über die hohe Genauigkeit, mit der der Mechanismus die Positionen der Himmelskörper anzeigte. Um das Getriebe analysieren zu können, hätte er jedoch die Uhr zerlegen müssen. Davor scheute er jedoch zurück. Er wusste aber, dass die ganze Anordnung das Kosmosmodell des Kopernikus simulierte.

Nächtelang saß er beim Schein zweier Öllampen vor dem Wunderwerk aus Rädern, Wellen, Zapfen und Zeigern und drehte mit der Kurbel ein Jahr nach dem anderen durch. Es war wie eine Reise in die Zukunft. Einmal hatte er die Uhr über zweihundert Jahre weitergedreht. Dabei hatten sich ungewöhnliche und aufregende Konstellationen von Gestirnen ergeben. Um sie richtig deuten zu können, hätte er seine Bücher zu

Rate ziehen müssen. Im Grunde wollte er aber gar nicht genau wissen, was die Zukunft brachte. Die Vorstellung machte ihm Angst.

Der Ort Schweinsberg mit seiner Burg war in drei Himmelsrichtungen von einem Moor umgeben, das eine Annäherung von Truppen nicht zuließ. Das Dorf besaß deswegen keine durchgehende Stadtmauer mehr. Nur nach Nordwesten gab es eine befestigte, enge Passage, die leicht zu verteidigen war. Von hier ging die Straße über den Ort Bodeken nach Amöneburg. Hier war Emilia gerade unterwegs, als sich ein Reitertrupp im Galopp näherte. Schon auf dem Hinweg hatte sie immer wieder Stellungen passieren müssen, hinter denen sich Soldaten mit Artilleriegeschützen verschanzt hatten. Als diese Reiter direkt auf sie zukamen, ergriff sie Panik. Direkt neben der Straße verlief ein Wassergraben, der mit Büschen überwuchert war. Emilia sprang blitzschnell hinein und zog sich an einem Ast unter einen überhängenden Strauch. Nur ihr Kopf guckte noch aus dem Wasser. Der Trupp galoppierte vorbei, ohne sie zu entdecken. Die Reiter trugen weiße Kniebundhosen, weiße Röcke mit roten Ärmelaufschlägen und Rabatten, sowie schwarz glänzende Gamaschen und Schuhe. Auf ihrem Kopf saß quer ein Dreispitz mit seitlichen weißen Quasten. Emilia wusste, dass diese Reiter Dragoner aus Hannover waren, mit dem Hessen verbündet war. Die Brücker Mühle, zu der sie unterwegs war, lag allerdings am Rande der Landgrafschaft Hessen auf Mainzer Gebiet und Mainz war mit Frankreich, dem Gegner der Alliierten, verbündet. In Friedenszeiten hatte das keine große Rolle gespielt, jetzt musste man aber aufpassen, nicht zwischen die Linien zu geraten. Erst vor Kurzem, am vierzehnten Februar, war das französische Infanterieregiment La Marc von den Alliierten gegen die Amöneburg gedrängt worden. Die Franzosen kamen wild schießend auf die Brücker Mühle zugestürmt und besetzten die Mühlengebäude und umliegende Häuser. Sie blieben zum Glück nicht lang, formierten sich am rechten Flussufer und zogen in südlicher Richtung weiter. Vorher hatten sie noch mehrere Säcke Mehl für ihre Feldbäckerei mitgenommen. Es fiel Emilia schwer zu verstehen, dass die Franzosen, deren Sprache sie nicht verstand, ihre Verbündeten waren und die Hannoveraner, Braunschweiger und Hessen ihre Feinde.

Nachdem die Reiter weg waren, kletterte sie vorsichtig aus dem Graben. Sie war völlig durchnässt und wich auf einen Schleichweg direkt am Fluss aus, der von den Einheimischen Georgensteig genannt wurde und der auch in Friedenszeiten gerne benutzt wurde, um den Grenzkontrollen zwischen Mainz und Hessen aus dem Weg zu gehen. Hier unten an der Ohm hielt sich noch die alte Urlandschaft, wie sie seit der letzten Eiszeit bestanden hatte. Zwischen den wild wachsenden Erlen breitete sich dichtes Schilf aus, der Untergrund war überall moorig und die Ohm hatte zahlreiche Altwasser gebildet, über die schmale und morsche Holzsteige führten. So mancher Bewohner der Region war hier in den Fluss gestürzt und ertrunken. Als Emilia endlich bei der Brücker Mühle ankam, wartete ihr

Verlobter Hannes bereits ungeduldig auf sie. Er hatte sich Sorgen gemacht.

»Wo bist du so lange gewesen und wie siehst du aus? Bist du ins Wasser gefallen?«

»Ich musste mich vor ein paar hannoverschen Reitern verstecken, die des Wegs kamen«, antwortete Emilia kleinlaut.

Hannes lachte.

»Die hätten dir bestimmt nichts getan. Im Moment halten die Alliierten das ganze Territorium zwischen Schweinsberg und Amöneburg besetzt. Da unsere Mühle auch in diesem Bereich liegt, gehören wir im Moment zu ihnen.«

»Das kann sich schnell ändern«, entgegnete Emilia trotzig, »du selbst hast mich gewarnt, dass ich mich vor den Soldaten in Acht nehmen soll, gleich welcher Nationalität.«

»Hast du Commentariolus gesagt, dass wir ihn dringend brauchen?«, wechselte der Geselle das Thema.

»Ja, habe ich, er meinte aber, dass er den Weg hierher nicht mehr schafft, er ist alt und gebrechlich geworden. Wir müssen eine Zeichnung des defekten Teils anfertigen und ihm bringen.«

Hannes fing zu fluchen an. Eines der Wellenlager aus Messing war stark eingelaufen und musste dringend erneuert werden. Immer wieder kam es dadurch zu Klemmungen im Getriebe, das dadurch abrupt anhielt. Das war der schlimmste Fall im Betrieb, da dann die volle Wasserkraft über das Schaufelrad gegen die Mechanik drückte. Dabei waren schon Zähne abgeplatzt und Wellen gebrochen.

Ein von hessischen Soldaten begleitetes und von zwei Pferden gezogenes Fuhrwerk rollte auf den Hof. Emilia erkannte mit einem Blick, wer die kleine Truppe befehligte: Es war der Fahnenjunker aus der Burg in Schweinsberg. Der alte Müller und Hannes mussten die Säcke abladen und wiegen, während die Soldaten lachend dabei standen.

»Wo ist denn deine Tochter, Müller?«, hörte Emilia den Junker fragen.

»Ja sag er doch mal, wo seine Tochter ist!«, stimmten seine Männer grölend ein. Emilia sprang schnell die schmale Treppe zum Dachgeschoss hinauf. An der Stirnseite des Speichers befand sich ein über die ganze Breite der Außenwand gehender Verschlag, in den sie schlüpfte. Hannes antwortete noch:

»Sie ist nicht hier, sondern in Schweinsberg.«

Dann hörte sie die Männer durchs Haus laufen. Türen wurden aufgestoßen und wieder zugeschlagen. Es dauerte einige Minuten, bis die Soldaten auch den Dachstuhl erreicht hatten. Emilias Versteck war jedoch so gut getarnt, dass sie es nicht entdeckten. Fluchend verließ der Trupp wieder das Haus.

»Noch in dieser Woche werden wir das Mehl für unsere Feldbäckerei holen und dann wollen wir deine Tochter hier sehen, Müller!«, rief der Fahnenjunker böse grinsend, »und denk ja nicht, dass du etwas abzwacken kannst, für jeden Scheffel der fehlt, hacken wir dir einen Finger ab.«

## 3.

Conrad erreichte die Brücker Mühle am Abend desselben Tages. Die ganze Familie saß gerade beim Essen und beratschlagte, wie man sich gegen die Belästigungen des Fahnenjunkers wehren könne, als Conrad ans Hoftor klopfte. Hannes eilte nach unten und ließ den Fremden herein, nachdem er sich als Müllersgeselle aus dem Badischen zu erkennen gegeben hatte, der eine wichtige Nachricht zu überbringen habe. Er wurde in die Stube geleitet, wo sich alle Blicke auf ihn richteten.

»Wir brauchen im Moment keinen Gesellen«, unterbrach der Müller das kurze Schweigen, »du kannst aber über Nacht hierbleiben. Setz dich an den Tisch und iss mit!«

Conrad setzte sich. Er hatte großen Hunger, konnte aber keinen Bissen hinunter bekommen, so lange er die schreckliche Nachricht nicht losgeworden war.

»Welche Nachricht wolltest du uns überbringen?«, fragte Hannes.

Conrad schluckte und in der Müllerin stieg eine böse Ahnung auf:

»Ist etwas mit Ludwig?«

Ihre Stimme zitterte.

»Ludwig ist tot!«

Conrads Aussage hatte in ihrer Klarheit etwas Endgültiges, das im ersten Moment niemand der Anwesenden wahrhaben wollte. Die brutale Gewissheit setzte sich aber schnell durch, vor allem, nachdem er wortlos Ludwigs Kundschaft auf den Tisch gelegt hatte, in der die Stationen seiner Wanderschaft vermerkt waren. Die Müllerin fing erbärmlich zu klagen an. Auch Emilia und eine Magd, die mit am Tisch saß, brachen in lautes Weinen aus. Der alte Müller, Hannes und ein Knecht saßen mit versteinerten Mienen da. Keiner aß mehr etwas.

»Wie ist es passiert?«, fragte Hannes.

Conrad erzählte stockend, was sich abgespielt hatte und wo es passiert war. Spontan schlug der Müller vor, zusammen mit ihm am nächsten Tag mit seinem Einspänner zu der Stelle zu fahren, um die Leiche seines Sohnes zu bergen. Conrad riet aber davon ab, da das Militär alle Pferde sofort beschlagnahmen würde. Außerdem habe er unterwegs große Truppenbewegungen beobachtet. Von Süden und von Osten rückten französische Korps gegen das Ohmtal vor. Kaum hatte er davon berichtet, als wie zum Beweis der Lärm eines vorbeiziehenden Trosses zu hören war. Eine Abteilung nach der anderen kam vorbei. Es waren sowohl hannoversche als auch englische Truppen, die vor der schnell nach Norden vorrückenden französischen Streitmacht zurückwichen. Schon am nächsten Tag überquerten die Franzosen die Ohm und belagerten Amöneburg, das einige Tage später eingenommen wurde. Der Krieg hatte wieder einmal Regie geführt und, wie es schien, das Problem mit dem Fahnenjunker aufgeschoben. Obwohl jetzt die Verbündeten das Sagen hatten, änderte sich jedoch grundsätzlich nichts. Das für die Alliierten gemahlene Mehl musste der Müller an die neuen Herren abliefern, die auch sofort damit anfingen, die kaum noch vorhandenen Obstbaumbestände abzuholzen. In Amöneburg ging ein Trupp von Tür zu Tür, der alles einzog, was den Soldaten nützlich sein konnte. Für eine junge Frau wie Emilia war es jetzt noch gefährlicher, sich außerhalb der Mühle aufzuhalten. Es gab unter den Franzosen mehr Übergriffe als unter den gegnerischen Alliierten. Freund und Feind waren für die Bevölkerung in dem ganzen Hin und Her kaum noch auszumachen.

In der Mühle herrschte tiefe Trauer. Der Müller bat Conrad zu einem Gespräch und wollte noch einmal genau wissen, was sich abgespielt hatte. Er schlug voller Verzweiflung mit der Faust auf den Tisch, schwor Rache und kündigte an, so bald wie möglich zu der Stelle zu fahren, an der Ludwig ermordet worden war. Er wolle nur noch die militärische Entwicklung abwarten. Alle in der Mühle waren sich einig, dass Conrad zunächst hierbleiben und als Geselle arbeiten könne.

Das Problem mit dem eingelaufenen Lager wurde immer schlimmer und musste dringend gelöst werden, bevor es zu einem kompletten Ausfall des Getriebes kommen würde, was den Stillstand der Mühle bedeutet hätte. Hannes vermaß das Messinglager und den darin laufenden Zapfen mit einer großen Schieblehre, Conrad schrieb die Werte auf und erklärte sich bereit, den Zettel am nächsten Tag nach Schweinsberg zu bringen, damit der Uhrmacher das Teil auf seinem Drehstuhl herstellen könne. Damit keine Zeit verloren ging, sollte er solange dort bleiben, bis das Lager fertig war.

Da Conrad sich in der Gegend nicht auskannte, wurde Emilia, die noch am ehesten entbehrlich war, dazu bestimmt, ihn zu begleiten. Als sie am nächsten Morgen erschien, traute Conrad seinen Augen nicht. Er erkannte sie zuerst nicht und dachte, eine alte Frau käme auf ihn zu. Emilia hatte die verschlissene Tracht ihrer schon vor Jahren gestorbenen Großmutter angezogen. Auf dem Kopf trug sie ein graues Tuch, ihre Haare hatte sie weiß gepudert und ihr Gesicht mit Asche eingerieben. Die Tarnung war perfekt. Auf der Straße angekommen, hängte sie sich bei Conrad ein und humpelte gebückt neben ihm her. Das Lachen über diese Maskerade verging ihm schnell, als auf der Straße nach Schweinsberg ständig französische Reiter und Grenadiere an ihnen vorbeikamen, die sie neugierig musterten. Emilia wich bei der ersten Gelegenheit wieder auf den einsamen Pfad direkt am Fluss aus, auf dem keine Soldaten unterwegs waren. Erst kurz vor Schweinsberg mussten sie wieder auf die Straße, um durch das Stadttor in den Ort zu kommen.

Im Haus von Commentariolus waren sie zunächst sicher. Conrad staunte, als er die vielen Maschinen sah. Voller Ehrfurcht betrachtete er die astronomische Uhr des Meisters, der sich über Conrads Fachkenntnis in Astronomie und Astrologie wunderte. Der Müllersgeselle berichtete von seinem Zuhause und der Wahrsagerin im Ort, von der er die Bedienung eines Astrolabiums gelernt habe, um Standorte von Gestirnen zu bestimmen. Als er dann noch erzählte, dass er Lesen und Schreiben könne, machte ihm Commentariolus spontan ein Angebot.

»Hast du Interesse, bei mir das Uhrmacherhandwerk zu erlernen?«

Conrad war sprachlos und Commentariolus lächelte.

»Das ist eine große Chance für dich und ich bekomme wieder einen Mitarbeiter; den ich in meinem Alter immer dringender benötige.«

»Ich verstehe nur ein wenig von Mechanik und nichts von Uhren«, gab Conrad zu bedenken.

»Mein Angebot steht, du musst kein Lehrgeld bezahlen, kannst hier wohnen und bekommst dein Essen. Überleg es dir!«

Emilia hatte das Gespräch mitbekommen. Vor Staunen stand ihr der Mund offen. Sie wusste, wie schwierig es für einen Gesellen oder Lehrling war, bei einem geeigneten Handwerksbetrieb unterzukommen. Gerade die Uhrmacher mussten ihre Lehre oft teuer bezahlen. Einen Müllersgesellen, der ein solches Angebot bekam, hatte es bestimmt noch nicht gegeben.

In diesem Moment klopfte es. Da Commentariolus und Conrad in ein Gespräch über die vor Kurzem stattgefundene Sternenkonstellation vertieft waren, ging Emilia zur Tür und öffnete. Vor ihr stand der Fahnenjunker und lachte verzerrt.

»Du entkommst mir nicht mehr, Hexe!«

Trotz ihrer Maskerade hatte er sie sofort erkannt. Sie war so verblüfft, dass sie keine Gegenwehr leistete. Alle hatten den Fahnenjunker bei den sich zurückziehenden Alliierten gewähnt, nicht wissend, dass die Burg in Schweinsberg sich inzwischen den Franzosen unterworfen hatte. Der alte Baron hatte sogar noch ein Beleggeld herausgehandelt und seine Burganlage einschließlich Personal und Wachmannschaften dem Marschall Broglio zur Verfügung gestellt.

Der Fahnenjunker packte Emilia mit einer Hand am Arm und mit der anderen an den Haaren. Er zog sie zu seinem Pferd, während sie laut und durchdringend schrie. Die beiden Männer im Haus hörten ihre verzweifelten Schreie. Conrad rannte hinaus, so schnell er konnte. Etwa dreißig Fuß von ihm entfernt stand der Junker bei seinem Pferd und hielt Emilia einen Dolch an die Kehle.

»Keinen Schritt weiter, sonst stirbt sie!«

Conrad blieb wie angewurzelt stehen, während der Adlige aufsaß, die junge Frau auf sein Pferd zog, wo sie quer vor ihm zu liegen kam und schnell wegritt.

Inzwischen hatte Commentariolus die Tür erreicht und konnte gerade noch sehen, wie Ross und Reiter zwischen zwei Häusern auf den Weg zur Burg einbogen. Spontan wollte Conrad die Verfolgung aufnehmen, doch der Uhrmacher hielt ihn zurück.

»Es hat keinen Sinn, die Wachen würden dich nicht einlassen.«

Die beiden gingen niedergeschlagen ins Haus zurück.

»Ich muss sofort zurück zur Müllersfamilie und berichten, was geschehen ist!«

Commentariolus nickte.

»Mach das und komme danach wieder hierher zurück. Ich habe eine Idee, wie wir Emilia befreien können.«

»Wie sollte das gehen?«

»Das erkläre ich dir später.«

»Was ist mit dem Lager?«, warf Conrad ein, »der Müller braucht es dringend.«

»Ich arbeite notfalls die Nacht durch. Du kannst mir dabei behilflich sein. Es wird deine erste Lehrstunde werden.«

Conrad rannte den ganzen Weg zur Brücker Mühle zurück. Völlig erschöpft kam er dort an und berichtete von der Entführung Emilias durch den Fahnenjunker.

»Du bringst uns nur schlechte Nachrichten«, meinte Hannes sarkastisch. Alle waren entsetzt über den feigen Akt. Der Müller begann auf die Obrigkeit zu fluchen und nannte den Adel laut »Blutsaugerpack«. Seine Frau presste sich die Hände auf die Ohren, als ob sie dadurch die Bemerkung, die ihren Mann in den Kerker bringen konnte, rückgängig machen könnte.

Um allen etwas Hoffnung zu machen, berichtete Conrad, dass Commentariolus einen Plan habe, Emilia zu befreien, jedoch nicht gesagt habe, wie er das bewerkstelligen wolle.

Der Müller war skeptisch.

»Hoffentlich ist der alte Mann noch bei Sinnen, er selbst wird meine Tochter kaum befreien können.«

Als Conrad wieder in Schweinsberg war, fand er das Haus des Uhrmachers verschlossen vor. Commentariolus schien nicht zu Hause zu sein. Er setzte sich vor die Tür auf die Treppenstufe und beobachtete das Treiben auf der Straße. Im Moment waren keine französischen Soldaten zu sehen. Die Bewohner von Schweinsberg gingen wie im Frieden ihren gewohnten Tätigkeiten nach.

Commentariolus kam mit einem Stock die Straße herunter gehumpelt und Conrad lief ihm entgegen, um ihn zu stützen. Der Uhrmacher hatte beim Schlosser ein Stück einer dicken Messingstange geholt.

»Daraus machen wir das Lager.«

Conrad nahm ihm das schwere Metallstück ab und trug es in die Werkstatt. Der Uhrmacher machte sich sofort an die Arbeit. Er ging sehr bedächtig vor. Es sah aus, als wären seine Bewegungen verlangsamt. An einer Seite des Raums, direkt unter einem ungewöhnlich großen Fenster, stand ein Drehstuhl, der über eine Fußwippe betätigt werden konnte. Commentariolus spannte das Stück Rundmessing ein und nahm aus einer Schachtel mehrere Drehmeißel, die er mit einem Stein schärfte.

»Pass gut auf, mein Junge«, wandte er sich an Conrad.

Langsam schälte er Span für Span ab und kontrollierte immer wieder den Durchmesser. Dann drehte er die Bohrung in das Messingstück ein. Als letzten Arbeitsgang polierte er das Werkstück mit einem Lappen mit Pariser Rot und stach es dann ab. Conrad war sprachlos. Der ganze Vorgang hatte etwa zwei Stunden gedauert.

»Geh in den Keller und hol eine Flasche Rotwein!«

»Wie komme ich da hin?«

Commentariolus lachte.

»Du stehst drauf!«

Conrad blickte an sich hinunter, seine Augen suchten den Boden ab, er konnte aber nichts entdecken. Der Meister lachte.

»Knie dich hin und seh dir den Boden genau an!«

Conrad tat, wie ihm befohlen und tastete mit seinen Fingerkuppen die Fugen des Holzbodens ab. Der Boden war sehr schön. Schmale Bretter aus Mooreiche bildeten große sechseckige Flächen, die mit Fichtendielen belegt waren.

»Ich kann nichts entdecken!«

Commentariolus lachte triumphierend. Er betätigte einen Hebel, der zwischen vielen Metallteilen auf einem Regal nicht auffiel. Im selben Moment kippte eine der großen Kassetten geringfügig. Ein Spalt war entstanden, in den man eine Hand schieben und die Bodenplatte wie eine Falltür aufklappen konnte. Es war eine geniale Konstruktion und praktisch nicht zu entdecken.

Direkt unterhalb der Klappe begann eine steile Treppe. Conrad nahm eine Kerze und stieg hinunter in das Tonnengewölbe, das noch aus der Zeit vor dem Dreißigjährigen Krieg stammte, als Schweinsberg durch ein Feuer völlig zerstört wurde. Auf einem Regal lagen mehrere verstaubte Flaschen, deren dunkelroter Farbton darauf schließen ließ, dass es sich um Rotwein handeln musste, ein Getränk, das Conrad aus seiner badischen Heimat durchaus kannte.

»Du wirst es nicht glauben«, fing Commentariolus an, während er zwei Gläser füllte, »dieser Wein stammt aus dem Berggarten der Burg, der sich am steilen Südhang hinaufzieht und von der mächtigen Burgmauer abgeschlossen wird. Hier staut sich tagsüber die Wärme, die dann nachts von den Steinen abgestrahlt wird. Dadurch können die Trauben in diesen nördlichen

Breiten gedeihen. Der Baron bezahlt gelegentlich meine Arbeit mit Wein. Sonst hätte ich diesen hervorragenden Tropfen mit seinen wunderbaren Aromen gar nicht hier.«

»Soll ich nicht erst das Lager zur Mühle bringen?«, fragte Conrad, »ich habe kein gutes Gefühl dabei, hier zu sitzen und Wein zu trinken.«

»Das ehrt dich Conrad, gleichwohl wird es draußen schon dunkel, der Weg wäre viel zu gefährlich. Ich denke es reicht, wenn das Teil morgen geliefert wird.«

Die beiden Männer saßen schweigend zusammen, tranken den Wein und aßen trockenes Brot. Conrad wagte nicht, die Stille zu unterbrechen, zu groß war seine Ehrfurcht vor dem Meister, der angestrengt nachzudenken schien.

Der Raum lag im Halbdunkel, an der rückwärtigen Wand hingen große Kupferstiche, die Uhrwerke und Uhrmacherwerkzeuge zeigten. Commentariolus bemerkte Conrads Blick.

»Das sind Stiche aus dem Diderot et d'Alembert, einer französischen Enzyklopädie.«

Wieder schwiegen die Männer, bis dem Uhrmacher etwas wichtiges einzufallen schien.

»Ich habe Angst um die Brücker Mühle und ihre Bewohner«, sagte er plötzlich, »meine astronomische Uhr zeigt mir für das nächste Jahr im Herbst zur Sonnenwende ein großes Unglück, das die ganze Region betreffen wird, vor allem aber die Mühle. Das Horoskop des Müllers fällt dann mit einer globalen Weissagung zusammen. Komm mit, ich zeige es dir!«

Commentariolus humpelte in den Nachbarraum, wo das Werk der großen astronomischen Uhr stand. Conrad folgte ihm aufgeregt.

»Die Uhr ist im Moment auf einen Tag in der letzten Woche eingestellt, wir drehen sie jetzt mit der Kurbel weiter. Der alte Mann setzte das Räderwerk langsam in Bewegung. In einem Fenster des Kalenderwerks sprangen die Tage vorbei. Die astronomischen Zeiger, die die Lage der Gestirne anzeigten, begannen zu rotieren. Das nächste Jahr, 1762, wurde angezeigt, von Monat zu Monat ging es weiter bis Ende August. Erst dann hielt der Meister inne.

»Jetzt pass gut auf!«

Die Spannung wurde unerträglich, als Commentariolus langsam weiter drehte. Am siebten September 1762 hielt er an.

»Erkennst du etwas?«

Conrad studierte aufmerksam die Anzeigen. Dann schüttelte er den Kopf.

»Es ist eine Planetenbedeckung!«, half ihm der Meister weiter.

»Ja natürlich, der Planet Mars bedeckt einen hellen Stern im Sternbild Skorpion, dessen Name mir leider entfallen ist«, rief Conrad aus. Nur die hellsten und wichtigsten Sterne waren auf der Rete dargestellt.

»Der Stern heißt Dschubba und das bedeutet Krieg, einen sehr heftigen Krieg!«, sagte Commentariolus mit ernster Stimme, »obwohl Dschubba nahe an der Ekliptik steht, wird er nur sehr selten von Planeten bedeckt.«

Langsam drehte er weiter.

»Sieh nur, Venus und Mond nähern sich aus der Waage kommend dem Sternbild Skorpion und Mars hat es noch nicht verlassen!«

Conrad prägte sich das Datum ein, das die Maschine in diesem Moment anzeigte. Es war der einundzwanzigste September 1762, kurz vor dem Herbstäquinoktium.

Commentariolus bekam einen feierlichen Gesichtsausdruck. Seine Stimme veränderte sich. Seine Augen blickten nach oben. Conrad spürte, dass gerade eben mehr passiert war, als nur der Ablauf eines hölzernen Getriebes. Es war, als wäre das wahre Universum mit der kleinen, künstlichen Welt der astronomischen Uhr einen Moment lang synchronisiert gewesen.

Commentariolus fing zu sprechen an, wobei seine Stimme völlig tonlos war.

»Der Müller hat sich von mir vor vielen Jahren ein Geburtshoroskop machen lassen. Als er auf die Welt kam, stand Saturn im achten Haus, ich befürchte, dass sich sein Schicksal und das seiner Familie in achtzehn Monaten erfüllen wird!« Er schloss die Augen.

»Ich sehe dichten Nebel im Ohmtal liegen. Noch ist es still, doch sobald er aufsteigt, beginnen von allen Seiten Kanonen zu feuern.«

»Das ist doch schrecklich, man sollte den Müller warnen, er und seine Familie dürfen an diesen Tagen nicht in der Mühle sein!«

»Wir haben kein Recht, Informationen über die Zukunft zu benutzen, um den Ablauf der Welt zu verändern, merk dir das!«

Der alte Mann sah Conrad mit einem etwas schiefen Lächeln an.

»Vielleicht machen wir bei dem Müller eine Ausnahme«, zwinkerte er.

Die beiden ungleichen Männer setzten sich wieder zu ihren Weingläsern. Da die Flasche geleert war, musste Conrad eine neue holen. Ihn beherrschte nur noch eine Frage:

»Wie bekommen wir Emilia zurück?«

»Gemach, gemach!«

Commentariolus stand auf und holte einen Holzkasten mit ledernem Tragegriff. Er öffnete ihn und Conrad sah eine große Menge gebogener Haken, die am Ende eingesägt und gefalzt waren.

»Was ist das?«, fragte er.

»Das sind besondere Dietriche, damit öffne ich jedes Schloss«, sagte Commentariolus nicht ohne Stolz,« mir hat noch keine Tür widerstanden.«

»Die Burg wird voller Wachen sein«, gab Conrad zu Bedenken, »da können wir nicht einfach hinein spazieren. Das haben Sie selbst gesagt.«

Zum ersten Mal, seit der junge Mann ihn kannte, wurde der Uhrmacher wütend. Er schlug mit der Faust auf den Tisch, dass die Gläser zu tanzen begannen und der Rotwein heraus schwappte.

»Denkst du ich weiß nicht, dass die Burg mit Soldaten gespickt ist? Ich komme zum Glück immer wieder ganz offiziell hinein, da ich einmal in der Woche alle Uhren stellen muss. Das ist eine Anordnung des Barons.«

Commentariolus fing laut zu lachen an und schlug Conrad mehrmals fest auf die Schulter.

»Das konntest du nicht wissen.«

Er machte eine kurze Pause.

»Übrigens, morgen muss ich wieder die Uhren stellen, das bedeutet, dass wir sie schon morgen befreien werden.«

»Sollten wir das nicht genauer planen und uns noch etwas Zeit lassen?« Conrad bekam plötzlich Angst.

»Du Feigling!, wir müssen das Mädchen so schnell wie möglich dort heraus holen, sonst ist es zu spät und der Junker hat sie berührt.«

Conrad war nicht ganz klar, was der Meister damit meinte, aber er nickte.

Die schwere englische Barockstanduhr auf dem Flur schlug halb Zwölf.

»Die genaue Zeit haben nur die Sterne«, sagte der alte Mann, »folge mir!«

Sie stiegen über eine schmale Treppe ins Dachgeschoss des Hauses, wo der Uhrmacher eine große Dachklappe öffnete. Mitten im Raum stand ein kleines, vertikal schwenkbares Fernrohr, das genau nach Süden ausgerichtet war und dessen Winkel zum Horizont man ablesen konnte. Draußen strahlten die Sterne in einer klaren Nacht.

»Direkt vor uns im Süden befindet sich im Moment das Sternbild Jungfrau«, sagte Commentariolus, »siehst du den hellen Stern am unteren Rand?«

»Ich sehe ihn!«

»Das ist Spica, wir werden jetzt darauf warten, dass er durch den Ortsmeridian geht, dann hat er seine größte Höhe erreicht. Sie liegt bei etwa dreißig Grad.«

Commentariolus beobachtete den Stern durch das Fernrohr und zog eine Sackuhr aus der Tasche, die er kurz danach neu einstellte.

»So, die geht jetzt wieder ganz genau. Sie stammt aus der Werkstatt eines berühmten französischen Meisters und wir werden morgen die Uhren des Barons nach ihr stellen.«

Er erklärte dem staunenden Conrad noch kurz den Unterschied zwischen Sternzeit und mittlerer Sonnenzeit, den dieser nicht wirklich verstand.

»Du solltest dein dummes Gesicht sehn!«, lachte Commentariolus, »lass uns zu Bett gehen, morgen müssen wir gut ausgeschlafen sein. Du brauchst nicht mehr mit nach unten zu kommen. Deine Kammer liegt hier im Dach direkt neben dem Beobachtungsraum. Darin befinden sich noch eine Pritsche mit Strohsack und Decke von meinem letzten Gesellen.«

Mühsam stieg Commentariolus die Hühnertreppe hinunter, wobei er bei jedem Schritt innehielt und tief seufzte. Conrad begab sich in die Kammer und legte sich aufs Bett, wo er sofort einschlief.

# 4.

Am nächsten Morgen lag dichter Nebel über Schweinsberg. Die beiden Männer bereiteten schon früh ihren Einsatz auf der Burg vor.

»Wenn wir einen Fehler machen, kann es unser Tod sein oder wir verschwinden für viele Jahre im Verlies.«

Conrad schluckte. Commentariolus war das vielleicht egal, er aber hatte noch sein ganzes Leben vor sich. Es gab jedoch kein Zurück mehr.

»Wenn wir sie finden, werden wir einen Burschen aus ihr machen, wir nehmen eine Schere mit, damit wir ihre Haare abschneiden können.«

Commentariolus öffnete eine Truhe, die mit Kleidungsstücken gefüllt war und packte eine Hose, ein Hemd und eine Mütze in den Werkzeugkoffer, der die Dietriche enthielt. Sie warteten noch bis Mittag und gingen los. Von der immer noch schlammigen Dorfstraße führte ein gepflasterter Weg hinauf zur Burg. Commentariolus quälte sich den kleinen Berg hoch. Alle zehn Schritte musste er stehen bleiben und verschnaufen. Conrad begann daran zu zweifeln, dass er es bis zur Burg schaffen würde, deren Eingang von mehreren Soldaten bewacht wurde. Es waren Männer unter dem Kommando des Junkers in eigenen Uniformen. Commentariolus brachte sein Anliegen vor und ein Mann der Wachmannschaft eilte in die Burg, um nachzufragen. Kurz danach kam er wieder zurück und gab ein Zeichen, dass sie eingelassen werden durften. Der Werkzeugkoffer wurde nicht kontrolliert. Der alte Mann mit seinem Lehrling war zu unverdächtig.

Wenn Conrad gehofft hatte, dass sie jetzt in der Burg waren, hatte er sich geirrt. Sie hatten nur die Vorburg passiert und standen, nachdem sie eine Brücke überschritten hatten, vor dem eigentlichen Eingang, einem halb eingestürzten viereckigen Torturm, der von französischen Soldaten bewacht wurde. Einer der Wachposten hatte sie bis hierher begleitet und so konnten sie ohne weitere Fragen oder Kontrollen passieren. Der Mann folgte ihnen weiter und Commentariolus flüsterte seinem Begleiter ins Ohr:

»Den müssen wir loswerden!«

Der Innenhof der Burg lag in einem düsteren Licht. Zur Rechten erhob sich ein Haus, dessen untere Steingeschosse unmittelbar an die Burgmauer anschlossen. Im oberen Bereich bestand es aus Fachwerk.

»Das ist das Wohnhaus der Hertenheimer, aus deren Linie der Junker stammt«, flüsterte Commentariolus.

Sie gingen weiter und kamen zu einem großen, steinernen Haus mit vier Geschossen, die durch einen außen angesetzten Treppenturm verbunden waren. Es war das Haupthaus der Burganlage. Commentariolus kannte sich gut aus und steuerte auf den Eingang zu, der in einen Saal mit gotischem Kreuzgewölbe führte. Als sie den Raum betraten, drehte sich der Uhrmacher zu dem Wachsoldaten um und sagte:

»Wachpersonal darf diese Räume nicht betreten, das ist eine Anordnung des Barons.«

Erschreckt zog sich der Mann zurück, während der Uhrmacher in sich hinein lachte. Er stellte zuerst die Uhren im Rittersaal, in dem sich niemand aufhielt, um dann im ersten Stock weiterzumachen. Der Zutritt wurde ihm aber von zwei Wachposten verwehrt, die an einer offenen Flügeltür Position bezogen hatten. Im Inneren des großen Raums konnte man den Baron sehen, der in diesem Augenblick Commentariolus entdeckte.

»Komm er nur herein!« rief er, worauf die beiden Wachen sofort Platz machten.

»Wer ist er?«, fragte der Baron und deutete auf Conrad.

»Mein neuer Lehrling, sehr bewandert in Lesen, Schreiben und in der Astronomie.«

»Bravo«, antwortete der Baron, »dann ist die Zukunft der Werkstatt ja gesichert.«

Mitten im Raum war ein großer Tisch aufgebaut, um den sich mehrere, heftig auf französisch diskutierende, Personen versammelt hatten. Einer von ihnen trug die prächtige Uniform eines Marschalls. Commentariolus wusste sofort, wer das war.

»Das ist Marschall Broglio«, flüsterte er Conrad zu, »letzte Woche hat hier noch Herzog Ferdinand von Braunschweig gestanden und Lagebesprechungen abgehalten, übrigens auch in Französisch.«

Alle Uhren im Raum wurden nach der Referenzzeit der Sackuhr des Meisters gestellt, von der sie teilweise bis fünfzehn Minuten abwichen. Der Uhrmacher verstellte auch einige Pendel geringfügig, wenn die Fehler in der Zeitanzeige zu groß waren. Dann waren sie wieder draußen. Im Burghof war nicht viel los, da gerade zu Mittag gegessen wurde. Genau das war das Kalkül von Commentariolus gewesen.

»Es gibt nicht viele Möglichkeiten, wo er sie hingebracht haben kann«, flüsterte der Uhrmacher, »sie ist bestimmt nicht im Hexenturm, sondern vermutlich in dem Kellerverlies unter dem Hertenheimer Wohnhaus, das der Junker bewohnt.«

Die grob gezimmerte Eichentür zu diesem Verließ befand sich an der Außenseite des Gebäudes und war vom Hof aus gut einsehbar. Es musste schnell gehen. Der alte Mann kniete vor dem Schlüsselloch nieder, um die Form des Schlüsselbarts erkennen zu können und nahm dann mit sicherer Hand einen seiner Dietriche aus dem Werkzeugkasten. In wenigen Sekunden war das Schloss offen. Die beiden Männer öffneten die Tür nur einen Spalt breit und schlüpften hinein. Direkt vor ihnen führte eine steile Treppe nach unten, die an ihrem unteren Absatz an einer weiteren Tür mit einer verschlossenen Durchreiche endete. Es war so dunkel, dass sie kaum etwas sehen konnten. Commentariolus holte eine Zunderbüchse aus seinem Werkzeugkasten, die Feuerstein, Feuerstahl und Zunder enthielt. Er benutzte die Utensilien geschickt und entzündete eine Kerze. Conrad war sprachlos über die Fähigkeiten seines Meisters.

»Diese Treppe ist zu lang und zu steil, die schaffe ich nicht mehr!«

Der gebrechliche alte Mann saß mutlos auf der obersten Stufe und blickte im Schein der Kerze das Treppengewölbe hinunter. Er würde es sicher noch bis zur unteren Tür schaffen. Der Rückweg könnte ein Problem werden.

»Wenn wir erst Emilia befreit haben, kann sie mithelfen, Sie nach oben zu schaffen, das ist auch nicht mehr als ein Sack Mehl pro Person.«

Commentariolus musste schmunzeln. So weit war es mit ihm gekommen, dass er mit einem Mehlsack verglichen wurde. Er dachte aber nicht weiter darüber nach. Auf dem Hinterteil rutschte er Stufe für Stufe nach unten, bis er vor der zweiten Tür saß, die mit dicken Eisennägeln beschlagen war. Er öffnete sie in weniger als einer Minute. Sie schwang auf und Conrad hielt die Kerze nach oben, um den Raum besser ausleuchten zu können. Direkt vor ihnen, auf einem Lager aus Stroh, saß Emilia. Sie war so verblüfft über das Erscheinen der beiden Männer, dass sie einige Sekunden brauchte, bis sie endlich aufsprang. Vor lauter Glück über ihre Befreiung, die ja keinesfalls abgeschlossen war, fiel sie Conrad um den Hals, dessen Gesicht plötzlich stärker glühte als die Kerze in seiner Hand.

Commentariolus erklärte ihr, dass sie sich umziehen müsse und ihre langen Haare abgeschnitten werden müssten. Das wollte sie erst um keinen Preis und es kostete die ganze Überredungskunst des Meisters, sie umzustimmen. Er nahm die Prozedur selbst vor und scherte ihr sämtliche Haare vom Kopf, die er ebenso wie ihre Kleidung in seine Werkzeugkiste packte, um keine Spuren zu hinterlassen, die auf ihre Verwandlung hindeuten konnten.

Von beiden Seiten gestützt, erreichte der alte Mann mit Mühe den obersten Treppenabsatz. Er hatte vorher die untere Türe wieder abgeschlossen und sperrte auch die obere wieder zu. Der Rückweg an den Wachen vorbei war wesentlich einfacher als eine Stunde vorher in die Burg hinein. Wer hinaus wollte, war nicht so interessant, außerdem konnten sich die Soldaten noch an den gebrechlichen alten Mann erinnern. Es schien sie nicht zu stören, dass dieser jetzt mit zwei Lehrlingen die Anlage verließ, die er mit nur einem betreten hatte.

Zurück im Fachwerkhaus des Meisters setzten sich die beiden Männer mit Emilia an den Tisch und beratschlagten, was zu tun sei. Der Fahnenjunker würde toben, wenn er die Flucht bemerkte. Die Frage war, ob er es sich zusammenreimen konnte, wie sie entkommen war. Er war nicht der Einzige, der die Schlüssel zum Verlies hatte. Die eigentliche Schlüsselgewalt lag beim Baron, der auf die verschiedenen Zweige der adligen Familie nicht immer gut zu sprechen war. Vor allem mit der Hertenheimer Linie gab es ständig Ärger um Wegerechte und Nutzungsabsprachen, die schon seit Ende des fünfzehnten Jahrhunderts in einem Vertrag über den Burgfrieden festgelegt worden waren.

Wenn der Junker nachforschte, würde er vielleicht herausfinden, dass Commentariolus mit seinem neuen Lehrling auf der Burg gewesen war. Doch selbst dann musste es ihm unwahrscheinlich vorkommen, dass der alte Mann die komplizierten Schlösser geöffnet und Emilia an den Wachen vorbei aus der Burg gebracht hätte.

»Der Junker hätte dich gleich eines Verbrechens anklagen müssen, wie zum Beispiel des schweren

Diebstahls, dann hätten sie dich sofort in den Hexenturm gesperrt. Das wollte er aber vermutlich nicht, weil er dann auch keinen Zugriff mehr auf dich gehabt hätte.«

Commentariolus atmete tief. Dann runzelte er die Stirn.

»Solange es diesen Kerl gibt, werden wir Probleme mit ihm haben, man müsste ihm eine Falle stellen, die ihm das Genick bricht wie einer Ratte«, dachte er laut nach.

Er war ein freiheitlicher Denker und liebte die Ideen der Aufklärung, die aus Frankreich herüber ins Reich schwappten. Willkürliche Übergriffe durch die mächtigen Feudalherren auf die Zivilbevölkerung waren keine Seltenheit. Außerdem litten die Bauern unter der Last steigender Abgaben. Die Gegenleistung, ihre Untertanen vor einfallenden Feinden zu schützen, wurde von den Nachkommen der Ritter des Mittelalters nicht mehr erbracht. Statt dessen wurden Kriege angezettelt, die nur dem eigenen Größenwahn dienten.

Die Herren von Burg Schweinsberg machten es besonders geschickt. Sie wechselten das Lager je nach Bedarf, waren aber mächtig genug, nicht des Verrats bezichtigt zu werden, auch wenn sich das der Landgraf immer wieder überlegt hatte, um ihre Burg, die Ländereien und das übrige Vermögen einzuziehen.

»Soll ich zur Brücker Mühle laufen und die Nachricht überbringen, dass Emilia wieder frei ist?«, fragte Conrad den Meister.

»Nein, auf gar keinen Fall, wir behalten sie erst einmal hier, je weniger Leute wissen, wo sie ist, um so besser.«

»Meine Eltern machen sich sicher große Sorgen«, warf Emilia ein, »sie können nicht so lange im Unklaren gelassen werden.«

Commentariolus sah die junge Frau ernst an.

»Wir haben den Junker jetzt richtig gereizt, der wird die Brücker Mühle auf den Kopf stellen, um dich zu finden. Es ist besser, dass weder deine Eltern, der Geselle, noch der Knecht und die Magd irgend etwas wissen.«

Emilia nickte. Sie sah es ein, war aber sehr traurig. Sie vereinbarten, dass sie sich bei jedem Besuch, gleichgültig wer vorbei kam, unter der Bodenluke zum Kellergewölbe verstecken solle. Erst dann dürfe die Tür geöffnet werden. Sie müsse so lange im Versteck bleiben, bis der Gast wieder gegangen sei.

Ein Problem gab es noch: Wo sollte die junge Frau schlafen, nachdem Conrad die Kammer im Dach belegt hatte. Emilia erklärte, dass sie Hannes versprochen sei und dass es auf keinen Fall möglich sei, dass sie bei Conrad in der Kammer schliefe.

Es blieb nur der Beobachtungsraum mit dem Passage Teleskop, den der Meister ohnehin kaum benötigte. Damit war die junge Frau einverstanden. Commentariolus hatte viel altes Leinen im Haus, dass er nach und nach zu Lappen zerriss, um damit Holzteile an Uhrengehäusen zu polieren. Davon gab er Emilia zwei leicht zerschlissene, große Laken. Conrad besorgte Stroh beim nächsten Bauern und Emilias Bett war gemacht.

Am nächsten Vormittag machte sich Conrad mit dem Messinglager auf den Weg zur Brücker Mühle. Er benutzte wieder den einsamen Georgensteig direkt am Fluss, auf dem ihm dieses Mal zwei Landstreicher entgegen kamen. Die Gefahr, von ihnen ausgeraubt zu werden, war wesentlich höher, als von den Soldaten behelligt zu werden, die oben an der Straße in Stellung lagen. Um zu zeigen, dass er nichts besaß, hob er beide Arme und drehte die Handflächen hin und her. Die wild aussehenden Kerle lachten dröhnend und ließen ihn ziehen. Kurz vor der Mühle sah er in einem Gebüsch etwas aufblitzen. Er bog die Zweige zur Seite und entdeckte einen toten hessischen Infanteristen, der eine Pistole in der Hand hielt. Der Tote lag noch nicht lange hier, fast sah es aus, als habe er sich selbst erschossen. Vielleicht war es ein Deserteur. Entsetzt rannte Conrad weiter, hielt aber kurz danach wieder inne und ging zu dem Strauch zurück. Er versuchte, die Pistole an sich zu nehmen, musste aber feststellen, dass sich die Hand des Gefallenen fest um den Knauf und den Abzugsbügel schloss. Es kostete ihn viel Überwindung, die starren Finger zu lösen, um in den Besitz der Waffe zu kommen.

Als er schließlich mit der Pistole in der Hand auf den Hof der Mühle trat, lief die gesamte Belegschaft zusammen.

»Wo hast du das her?«, fragte der Müller aufgeregt, »und wo ist Emilia?«

Er sah wohl einen Zusammenhang mit der Waffe, aber Conrad zerstörte schnell seine Hoffnungen.

»Wir wissen leider nicht, wo sie ist«, log er.

Er erzählte von dem Einsatz in der Burg und dass sie die Uhren gestellt hätten. Von Emilia hätten sie keine Spur finden können. Es tat ihm leid, die unglücklichen Eltern so anlügen zu müssen. Auch Hannes litt sichtbar.

Conrad half beim Einbau des Lagers mit, wozu der Hauptantrieb abgekoppelt werden musste. Nach der Reparatur lief das Getriebe wesentlich leiser und ohne zu Rucken.

»Jetzt können wir wieder auf voller Last fahren!«, stellte der Müller fest, dessen Begeisterung durch die Sorge um seine Tochter doch sehr gedämpft wurde.

Conrad erzählte, dass er die Pistole einem toten hessischen Soldaten abgenommen habe und übergab sie Hannes. Dieser hatte schon ein ganzes Waffenarsenal, dass er im Gelände aufgesammelt hatte, in dem Verschlag auf dem Dachboden versteckt.

Das meiste waren Hieb- und Stichwaffen, aber auch eine Pistole war schon dabei. Besonders stolz war Hannes auf mehrere Kanonenkugeln einer Zwölfpfünderkanone.

Conrad wollte sich gerade wieder verabschieden, als er sah, wie der Fahnenjunker in vollem Galopp angeritten kam, sein Pferd im Hof hochriss und auf die Hinterläufe stellte. Ross und Reiter schnaubten.

»Wo ist sie?«, schrie er

Der Müller blickte Conrad fragend an, der mit den Schultern zuckte.

»Ich dachte, sie sei in der Burg.«

In diesem Moment ging die Strategie voll auf. Der Junker sah einen völlig verblüfften Müller und musste den Eindruck gewinnen, dass weder er noch der Geselle wussten, wo Emilia war, noch, dass sie befreit worden war. In seinem Kopf begann es wild zu arbeiten. Hatte ihm vielleicht einer seiner vielen Cousins das schöne Mädchen entrissen oder hatte sie sogar der Baron selbst an einen anderen Ort gebracht? Verwirrt riss er sein Pferd herum und ritt eilig davon.

## 5.

Nachdem der Fahnenjunker weggeritten war, prasselten die Fragen nur so auf Conrad ein. Wo konnte Emilia sein? Lebte sie überhaupt noch? Conrad blieb standhaft und gab nicht preis, dass sie sich in Commentariolus' Haus versteckte. Er betonte jedoch, dass er die Zuversicht habe, dass ihr nichts geschehen sei. Als er das sagte, sah ihn der Müller prüfend an, so als würde er ahnen, dass ihm etwas verheimlicht wurde.

Sie setzten sich in die Wohnstube und redeten alle aufgeregt durcheinander, bis das Thema wieder auf Ludwig kam. Conrad musste noch einmal genau erzählen, wo sein Begleiter ums Leben gekommen war. Der Müller machte eine grobe Skizze der Gegend. Die Stelle, wo Conrad die Leiche zuletzt hatte liegen sehn, war einfach zu finden, da man nur am Bach entlang gehen musste, der auch an dem Gehöft vorbeifloss, in dem Ludwig vermutlich erschlagen worden war.

»Ich habe eine Bitte an dich«, wandte sich der Müller an Conrad, »kannst du ein paar Tage hier bleiben und dich um die Mühle kümmern? Im Augenblick ist nicht viel los und der Knecht und die Magd können dir zur Hand gehen. Ich kann es nicht mehr ertragen, dass mein toter Sohn dort in der Wetterau im Gelände liegt und nicht bestattet wird. Ich breche morgen früh mit dem Einspänner auf, um ihn nach Hause zu holen. Hannes nehme ich mit.«

Conrad fragte sich, warum der Müller anstatt Hannes nicht ihn mitnehmen wollte, da er doch die Örtlichkeit genau kannte. Die Antwort war einfach: Hannes war bärenstark und überragte Conrad um einen Kopf. Der Müller suchte die Auseinandersetzung mit dem Bauern und dessen Familie, die vermutlich Ludwig getötet hatten. Er hatte das schon die ganze Zeit geplant und nur das Ende des Winters abgewartet. Durch die niedrigen Temperaturen war die Leiche sicher gefroren und dadurch konserviert worden. Jetzt wurde es Zeit, sie zu bergen.

Der Eindruck, dass ein Akt von Blutrache bevorstand, verstärkte sich am nächsten Morgen, als Hannes nicht nur Tücher und Lederriemen auflud, mit denen der Leichnam verpackt werden sollte, sondern auch einen Degen und die zwei Pistolen in einem Kasten unter dem Kutschbock verstaute.

Alle standen etwas ratlos im Hof herum, als der Wagen hinaus rollte. Die Müllerin rief noch etwas hinterher, was im lauten »Hüa« Geschrei und Peitschenknallen von Hannes unterging.


Im Augenblick wurde in der Brücker Mühle kein Getreide gemahlen, sondern im Auftrag des französischen Oberkommandos Stämme aus dem Amöneburger Wald mit dem Sägegatter zu Bohlen zersägt, die zum Ausbessern zerstörter Teile der Stadtmauer und Wehrgänge benutzt werden sollten. Zwei sächsische Soldaten waren in die Mühle abkommandiert, dabei zu helfen und den reibungslosen An- und Abtransport zu organisieren.

Conrad wurde nicht gebraucht, sodass er beschloss, nach Schweinsberg zu laufen, um seinen Meister und die Müllerstochter über die neuesten Entwicklungen zu informieren. Dieses Mal nahm er die Straße über Bodecken und kam unbehelligt durch. Nachdem er an die Tür des Uhrmacherhauses geklopft hatte, dauerte es eine Weile, bis Commentariolus erschien. Conrad wusste warum. Bevor die Tür geöffnet wurde, musste erst Emilia im Versteck sein.

Als sie dann zusammen saßen, erzählte er, dass der Müller mit Hannes auf dem Weg in die Wetterau sei, um Ludwig zu bergen. Sie hätten auch Waffen mitgenommen, vermutlich, um den Tod des Müllerssohnes zu rächen. Man müsse befürchten, dass die ganze Aktion nicht unblutig ausgehen würde.

Emilia war entsetzt.

»Man hätte sie zurückhalten müssen.«

Als sie das sagte, war ihr klar, dass man ihren dickköpfigen Vater von nichts zurückhalten konnte, was er sich einmal vorgenommen hatte.


Hannes und der Müller waren mit ihrem Einspänner gut durchgekommen. Obwohl sie zweimal wegen der Truppenaufmärsche weiträumig ausweichen mussten, verloren sie nicht viel Zeit. Alle zehn Meilen gönnten sie dem munter dahin trabenden Pferd eine längere Pause, bei der es sich erholen und fressen konnte. An größeren Steigungen stiegen beide ab, um das Tier nicht zu überlasten. Es war nicht nur Tierliebe, was den Müller dazu brachte, so sorgsam mit dem Kaltblut Wallach umzugehen, sondern der Wert des Pferdes.

Gegen Abend suchten sie einen Lagerplatz auf einer kleinen Anhöhe auf, wo sie im Schutz einer Schlehenhecke im Freien übernachteten. Sie waren jetzt nicht mehr weit von ihrem Ziel entfernt und schätzten den verbleibenden Weg auf wenige Stunden.

Hannes suchte dürre Äste, um ein Feuer zu entfachen, während der Müller Fleisch und Brot auf einem Rost ausbreitete. Die Männer aßen schweigend zu Abend. Das leuchtende Abendrot deutete darauf hin, dass sich das Wetter verschlechtern würde. Der Müller war nur äußerlich ruhig. Seine Gedanken kreisten ständig um den kommenden Tag, an dem er vielleicht seinen Sohn finden würde. Er hatte bis jetzt noch nicht akzeptieren wollen, dass Ludwig tot war. Erst wenn er seine sterblichen Überreste gefunden hatte, konnte er sicher sein. Davor hatte er Angst. Wieder packte ihn eine tiefe Trauer, die sich wie ein schwarzer Schleier über seine Gedanken legte, durch den sich ein glühender roter Punkt brannte: Rache! Der oder die Mörder mussten bestraft werden!

Auch Hannes dachte über den nächsten Tag nach. Die Nachricht von Ludwigs Tod hatte ihn, obwohl er sich das nicht hatte anmerken lassen, nicht besonders mitgenommen, da er ihn kaum gekannt hatte. Schon seit zwei Jahren war der Sohn des Müllers auf der Wanderschaft gewesen. Hannes hatte insgeheim sogar gehofft, dass der junge Mann nicht mehr zurückkehren würde, da er dann selbst die Chance hatte, nach seiner Meisterprüfung Pächter zu werden. Wenn sich morgen der Tod Ludwigs endgültig bestätigen sollte, wäre sein Weg frei.

Noch in der Nacht begann es heftig zu regnen. Die beiden Männer krochen unter den Wagen und deckten sich mit den Tüchern zu, die sie mitgenommen hatten. Hannes führte das Pferd zu drei großen, frei stehenden Linden, die schon kleine Blättchen ausgetrieben hatten und band es dort fest. Hier war das Tier einigermaßen geschützt. Der Müller fand keinen Schlaf mehr. Nachdem er drei Stunden wach gelegen hatte, sagte er:

»Lasst uns aufbrechen!«

Ein grauer Tag begann. Noch war die Sonne nicht aufgegangen, die man ohnehin nicht hätte sehen können. Die Bedingungen für die Weiterfahrt hatten sich sehr verschlechtert. Auf den durchweichten Wegen hatten sich tiefe Pfützen gebildet. Immer wieder musste Hannes aussteigen, um den Wagen anzuschieben, der trotz seiner großen Speichenräder stecken zu bleiben drohte.

Um die Mittagszeit kamen sie durch den Ort, von dem die Straße zum dem Gehöft abging, in dessen Scheune Conrad und Ludwig übernachtet hatten. Da, wo der Bach durch das Dorf querte, bogen sie ab. Durch den starken Regen war der Wasserlauf zu einem kleinen Fluss angeschwollen.

»Durch das Hochwasser könnte Ludwigs Körper weggeschwemmt worden sein. Wir müssen sehr gründlich suchen.«

Hannes nickte. Sie hatten das Dorf wieder verlassen und vor ihnen lag der Wiesengrund, der leicht anstieg und sich dabei immer mehr verengte. Es hörte zu regnen auf und wurde heller. Das ganze Tal leuchtete in einem frischen Frühlingsgrün. Conrad hatte angegeben, dass die Stelle etwa zwei Meilen vom Dorf entfernt sei.

»Hier fangen wir mit der Suche an«, sagte der Müller, nachdem sie nach seinem Empfinden etwa eine Meile zurückgelegt hatten. Er stieg ab und folgte dem Bachlauf zu Fuß, während Hannes mit dem Einspänner im Schritttempo auf dem Weg hinterher kam. Manchmal war der Bach bis zu hundert Fuß entfernt, dann verlief er wieder direkt neben dem Weg. Nach einer halben Stunde hörte Hannes plötzlich den Müller verzweifelt rufen:

»Hier ist es, ich habe ihn gefunden!«

Der Geselle sprang vom Kutschbock und rannte zu der Stelle, an der der Müller weinend zusammengebrochen war. Ihm bot sich ein schreckliches Bild. Halb im schnell strömenden Wasser lag die verweste Leiche eines Mannes auf dem Rücken. Hannes erkannte Ludwig sofort, obwohl dessen Gesicht stark aufgequollen und verfärbt war. Wahrscheinlich war er nur deswegen noch nicht bis zur Unkenntlichkeit entstellt, weil fast den ganzen Winter hindurch Frost geherrscht hatte, der den Leichnam einigermaßen konserviert hatte.

Wortlos gingen die beiden Männer an die Arbeit. Sie zogen die sterblichen Überreste Ludwigs ins Trockene und wickelten ihn in ein Tuch, das sie mit den Lederriemen an Kopf und Füßen zusammen schnürten. Dann trugen sie den leblosen Körper zum Weg und legten ihn quer auf die kleine Ladefläche des Einspänners.

Sie folgten dem Weg weiter, bis am Ende des Tals ein Gehöft auftauchte. Es gab keinen Zweifel, dass es sich um den Bauernhof handeln musste, in dem der Mord an Ludwig verübt worden war. Das Gesicht des Müllers, der bis jetzt fast ununterbrochen geweint hatte, versteinerte sich. Hannes stellte das Gespann etwa zweihundert Fuß vor der Hofeinfahrt ab. Ohne die beiden Pistolen gingen die beiden Männer auf die Gebäude zu und betraten den leeren Hof. Nur ein Kettenhund fing sofort wild zu bellen an. Es dauerte nicht lange, bis der Bauer mit seinen beiden Söhnen aus dem Haus gestürzt kam. Jeder von ihnen hatte einen Knüppel in der Hand. Wahrscheinlich hielten sie nur Hannes' Statur und seine beeindruckenden Muskelpakete, die sich unter seinem Hemd abzeichneten, davon ab, sofort loszuprügeln.

»Was wollt ihr?«, fragte der Bauer.

»Wir suchen einen Gesellen, der Anfang des letzten Winters hier durchgezogen sein soll. Wir haben gehört, er habe hier auf euerem Hof übernachtet. Seitdem ist er verschwunden. Wisst ihr etwas davon?«

»Nein«, sagte der Bauer, während über die Gesichter seiner Söhne ein Grinsen ging.

»Denkt doch mal nach!« Der Müller ließ nicht locker.

»Da kam mal so ein dreckiger Landstreicher vorbei«, sagte der eine Sohn jetzt, bevor ihm sein Vater den Mund durch ein schneidendes »Halts Maul!« verbieten konnte.

»Dieser Dreckskerl hat versucht, uns zu bestehlen«, konnte jetzt der andere Sohn sich nicht verkneifen zu sagen.

»Was habt ihr mit ihm gemacht?«

Das Grinsen auf den Gesichtern der Bauernburschen war mehr als eine Antwort.

»Dasselbe, was wir gleich mit euch machen, wenn ihr nicht sofort verschwindet!«

Die Söhne schwangen ihre Knüppel, die sie mit zwei Händen hielten und kamen erst langsam und dann mit immer schneller werdenden Schritten näher. Der Müller und sein Geselle machten kehrt und rannten um ihr Leben. Ihre Verfolger hielten aber zum Glück an der Toreinfahrt inne und sahen ihnen hinterher, wie sie zu ihrem Fuhrwerk liefen.

Hannes nahm die beiden geladenen Pistolen aus der Kiste unter dem Kutschbock, von denen sich jeder eine in den Gürtel steckte. Dann gingen sie entschlossen zurück zum Hof. Als sie näher kamen, konnten auch der Bauer und seine Söhne erkennen, dass die Fremden jetzt bewaffnet waren und zogen sich in den Hof zurück. Als der Müller und Hannes dort ankamen, konnten sie niemanden entdecken. Langsam gingen sie auf das Wohnhaus zu, als der Angriff völlig überraschend von der Seite erfolgte. Die drei Männer kamen aus einer Scheuneneinfahrt heraus angestürmt. Obwohl die Eindringlinge in höchster Anspannung waren, konnten sie den blitzschnellen Angriff nicht schnell genug parieren. Eine Keule sauste auf die Schulter des Müllers und auch Hannes wurde von einem Hieb gestreift. Während der Müller vor

Schmerz aufschrie und auf die Knie ging, trat sein Geselle einen Schritt zurück, zog die Pistole und gab einen Schuss auf den heranstürmenden Bauernsohn ab. Das großkalibrige Bleigeschoss drang in dessen Brust ein und zerriss beim Austritt seine Lungen. Große Mengen hellrotes Blut, Gewebe- und Knochenteile spritzten an die Wand der Scheune. Er war auf der Stelle tot und sackte lautlos zusammen. Inzwischen hatte der Müller, der immer noch kniete, seine Pistole gezogen und auf den Vater gezielt, ohne jedoch abzudrücken.

Der Knall des Schusses und der spektakuläre und blutige Tod seines Sohnes hatten diesen so sehr geschockt, dass er die Flucht ergriff und in Richtung des Wohnhauses rannte. Sein noch lebender Sohn folgte ihm, nachdem er seinen Knüppel weggeworfen hatte, den Hannes aufhob und hinter den beiden her rannte. Der Bauer kam auf der Treppe ins Stolpern und behinderte so auch seinen Sohn, den Hannes in diesem Moment erreichte. Mit einem einzigen wuchtigen Schlag zertrümmerte er den Schädel des Jugendlichen. Der Alte hielt die Hände vors Gesicht und rief:

»Halt ein, haltet ein!«

Auch der Müller schrie:

»Hannes hör auf, Schluss jetzt!«

Es war zu spät. Der Geselle ließ den Knüppel mehrmals krachend auf den Kopf des Bauern niedergehen, der blutüberströmt auf der Treppe liegen blieb. In diesem Moment kam seine Frau laut schreiend aus dem Wohnhaus gerannt, wobei sie immer wieder »Mörder, ihr Mörder!« schrie. Hannes ging sofort auf sie los und hätte sie ebenfalls erschlagen, wenn nicht der Müller sich mit gezogener Pistole schützend vor sie gestellt hätte. Erst jetzt erwachte der Geselle aus seinem Rausch.

»Wir haben ihn gerächt«, brüllte er und der Müller wiederholte leise:

»Ja, wir haben Ludwig gerächt, nur für welchen Preis?«

Die Rückfahrt dauerte länger, als sie es geplant hatten. Da der Wallach, der jetzt eine Person mehr ziehen musste, schlapp zu machen drohte, mussten sie auf halber Strecke unterbrechen und wieder eine Nacht im Freien kampieren. Sie redeten kein Wort miteinander, nur einmal meinte der Müller mehr zu sich selbst:

»Das hätten wir besser nicht getan!«

»Das war richtig«, brauste Hannes auf,

»sie mussten ihre gerechte Strafe bekommen, außerdem haben sie uns angegriffen. Sie hätten uns erschlagen, wenn wir uns nicht gewehrt hätten.«

Der Müller sagte nichts mehr, verfiel aber in eine tiefe Melancholie.

Nach der Ankunft in der Brücker Mühle war den ganzen Tag nur noch Weinen und Wehklagen zu hören. In die Trauer mischte sich aber die Erleichterung, dass der Müllerssohn jetzt bestattet werden konnte. Da am folgenden Tag Christi Himmelfahrt war, wurde er einen Tag später, am Freitag, den ersten Mai 1761, auf dem Friedhof von Amöneburg beigesetzt.

# 6.

Der Krieg war noch lange nicht zu Ende, aber die Hauptschauplätze verschoben sich. Von einem Tag auf den anderen war die Region um Amöneburg und Schweinsberg frei von fremden Truppen. Das Leben normalisierte sich. Allerdings musste das mainzerische Amöneburg weiter hohe Abgaben entrichten, um den Krieg der Franzosen gegen die Alliierten zu unterstützen.

Das Leben im Haus von Commentariolus spielte sich ein. Die immer noch als Bursche verkleidete Emilia putzte und kochte. Ihre Tarnung war so gut, dass sie sich sogar auf die Straße wagte, um am Wochenmarkt Einkäufe zu tätigen. Den Nachbarn blieb natürlich nicht verborgen, dass der Uhrmacher plötzlich zwei Lehrlinge hatte, wie sie dachten. Agnes, die junge Frau des Wagners, hatte sich in den letzten Monaten um Commentariolus gekümmert, Besorgungen für ihn gemacht und seinen großen Garten bestellt, von dessen Erträgen sie sich die Hälfte nehmen durfte. Das war viel Obst und Gemüse für ihre kinderreiche Familie. Sie war in seinem Haus ein- und ausgegangen und hatte sich Hoffnungen gemacht, den wohlhabenden Meister einmal zu beerben, der ihr für ihre Hilfe gelegentlich einige Heller zusteckte. Jetzt stand plötzlich seine Tür nicht mehr für sie offen. Schon mehrmals hatte sie angeklopft, ohne dass jemand geöffnet hätte. Im Dorf wusste man, dass Commentariolus manchmal sehr wertvolle Uhren zur Reparatur im Haus hatte. Das hätte auch für Agnes eine naheliegende Erklärung für die Geheimnistuerei sein können. Ihr Instinkt sagte ihr aber, dass irgend etwas im Uhrmacherhaus nicht stimmte.

Im lang gestreckten Garten des Hauses, nur dreißig Fuß von seiner Rückwand entfernt, befand sich ein alter, mit Sandsteinquadern gemauerter Brunnen. Am Rande seines Beckens stand eine eiserne Saugpumpe, die große Mengen Wasser befördern konnte. Niemand im Ort hatte einen solch ergiebigen Brunnen, was dazu führte, dass in Zeiten längerer Trockenheit viele Bewohner ihr Wasser bei Commentariolus holten. Sogar der Burgschenk war während des letzten heißen Sommers mehrmals vorbeigekommen. Die Wasserholer klopften grundsätzlich beim Meister an, bevor sie sein Grundstück betraten und das kostbare Nass entnahmen. Manchmal brachten sie einen Kanten Brot mit Käse und Wurst oder einen Apfel mit. Bei dieser Gelegenheit kamen die Besucher auch gerne ins Haus, um einen kurzen Plausch zu halten.

Commentariolus wusste, dass es auf Dauer unmöglich war, Emilia in seinem Haus zu verbergen, es sei denn, sie bliebe ständig in ihrem Versteck im Keller. Die Menschen waren neugierig. Jeder der hier wohnte, musste sich der Begutachtung durch die Dorfgemeinschaft stellen. Bei den verschiedenen Festen, wie zum Beispiel dem Erntedankfest, fiel es unangenehm auf, wenn ein Mitbürger nicht erschien. Bei Diebstählen oder Überfällen wurden immer zuerst die verdächtigt, die etwas außerhalb der Gemeinschaft standen. Emilia konnte also nur eine begrenzte Zeit hier bleiben, dann musste eine andere Lösung gefunden werden.

Nachdem der Müller der Brücker Mühle seinen Sohn Ludwig nach Hause überführt hatte, nahm er sich vor, auch das Schicksal seiner Tochter aufzuklären, von der er fest annahm, dass sie noch am Leben und in der Gewalt des Fahnenjunkers sei. Da in der Mühle manchmal Getreide gemahlen wurde, das aus der Zehntscheune des Barons kam, kannten sich die beiden Männer, die außerdem einem Rat angehörten, der immer zusammentraf, wenn grenzübergreifende Probleme der Bewohner der Region gelöst werden mussten. So wurde im Moment der Fall einer Frau verhandelt, die als ursprünglich katholische Bewohnerin von Amöneburg einen protestantischen Mann aus Schweinsberg geheiratet hatte und in hohem Alter gestorben war. Ihre Kinder wollten sie auf dem Friedhof von Schweinsberg im Grab ihres Ehemanns beisetzen. Es war aber nicht gestattet, einen Katholiken auf dem protestantischen Friedhof zu beerdigen. Der Rat erlaubte es schließlich und vereinbarte, dass im Gegenzug auch ein Protestant auf dem Amöneburger Friedhof bestattet werden dürfe, wenn es denn einen solchen Fall irgendwann geben sollte.

Nach der Sitzung bat der Müller den Baron zu einem Gespräch unter vier Augen. Er berichtete von der Entführung seiner Tochter, die seit einigen Tagen verschwunden sei. Zuletzt sei beobachtet worden, wie der Fahnenjunker sie auf seinem Pferd mitgenommen und in die Burg gebracht habe. Der Baron konnte seinen Unmut kaum verbergen.

»Ständig habe ich Ärger mit diesem Mann. Obwohl er nur entfernt mit unserer Familie verwandt ist, schadet er durch sein Verhalten immer wieder unserem guten Ruf!«

Noch im selben Moment tat es ihm leid, dass ihm dieser Satz herausgerutscht war. Unstimmigkeiten innerhalb der Familie sollten nicht an die Öffentlichkeit dringen. Zwischen Adel und Bürgern schwelte schon seit langem ein Streit. Mitglieder der Adelsfamilie hatten in den letzten Jahrzehnten prunkvolle Palais außerhalb der Burgmauer errichtet, weigerten sich aber, Steuern zu zahlen. Dieses Privileg stand ihnen aber nur zu, wenn sie innerhalb der Burgmauern lebten.

»Ich kann mir nicht vorstellen, dass Emilia innerhalb der Burg gefangen gehalten wird, werde das aber kontrollieren. Mehr kann ich ihm jetzt nicht anbieten«. Damit war das Gespräch für den Baron beendet.


Es wurde Mai. Sonnige Tage wechselten sich mit regnerischen ab. Die Natur explodierte. Es gab Hoffnung auf gute Erträge in der Landwirtschaft, die das ausgebrannte Land so dringend benötigte.

Je länger Conrad und Emilia unter einem Dach wohnten, um so vertrauter wurden sie miteinander. Ohne dass es ihnen richtig bewusst wurde, wuchs in beiden der Wunsch auf Nähe und Berührung. Wenn sie sich im Flur des Hauses entgegenkamen, versperrte Conrad der jungen Frau den Weg, sodass sie sich an ihm vorbei drücken musste. Dass ihr dieses Spiel gefiel, sah er daran, dass sie ihrerseits den Weg für Conrad versperrte. Es war eine linkische Form der Annäherung zweier Menschen, die nicht wussten, was mit ihnen passierte. Bei jeder Gelegenheit schlug Conrad Emilia auf die Schulter, die sich angewöhnte, ihn beim Vorbeigehen mit aller Kraft festzuhalten, sodass er sich kaum losreißen konnte. Ihre Haare waren, seit Commentariolus sie geschoren hatte, um etwa zwei Zentimeter gewachsen und standen ab wie die Stachel eines Igels. Conrad liebte es, mit der Hand darüber zu streichen. Sie wehrte sich anfangs noch mit Fußtritten und Schlägen, bis sie eines Tages still hielt und ihn fragte:

»Warum machst du das?«

»Weil es sich schön anfühlt.«

Die Ausbildung Conrads zum Uhrmacher ging in großen Schritten voran, da Commentariolus im Moment keine Aufträge annahm. Viele Uhrmacherlehrlinge im Reich wurden mehr ausgebeutet als ausgebildet. Sie mussten für ihre Meister oft zeitraubende Tätigkeiten wie das Polieren der Platinen oder das Reinigen der Uhrenteile ausführen, wurden für Botengänge eingesetzt und mussten die Werkstatt sauber halten.

Commentariolus war getrieben von dem Gedanken, sein einmaliges Wissen an Conrad weiterzugeben. Er hatte einen begabten und dankbaren Schüler, der alles in sich aufsog. Das machte dem Meister Mut, zusammen mit seinem Lehrling ein Projekt in Angriff zu nehmen, an das er sich bis jetzt nicht gewagt hatte: Die Zerlegung und Dokumentierung der astronomischen Uhr.

»Diese Uhr soll das kopernikanische System simulieren«, sagte Commentariolus.

»Wir werden anhand der Zahnzahlen ihres Getriebes beweisen, dass dem wirklich so ist.«

Schon am nächsten Tag wurden die ersten Stifte herausgezogen, die die Platinen mit den Pfosten verbanden. Während der Meister unter Herzklopfen ein Teil nach dem anderen zur Seite legte, fertigte sein Lehrling von jedem Schritt und jedem Rad eine Zeichnung an. Abstände wurden vermessen und Zähne gezählt. Die Arbeit erforderte eine solche Konzentration, dass die beiden immer nur vormittags an der Uhr arbeiteten.

Damit Conrad auch die feinmechanischen Aspekte der Uhrmacherei lernte, musste er ein verrostetes Standuhrwerk wieder in Betrieb nehmen. Gleich zu Anfang hatte der Meister die hintere Platine dieser Uhr abgenommen und zum Entsetzen Conrads alle Teile in eine Schüssel fallen lassen, wo sie nun durcheinander lagen.

»Es gibt fast immer nur eine einzige Möglichkeit, sie wieder zusammenzusetzen«, sagte Commentariolus zu dem unglücklich dreinblickenden Lehrling und fuhr fort:

»Sicher ist es kein Nachteil, wenn man die Funktion der Teile kennt. Es gibt auch Beispiele sehr komplizierter Uhrwerke wie unserer astronomischen Uhr, wo man Skizzen machen muss.«

Eines Tages kam der Müller der Brücker Mühle zu Besuch, weil ein Stahlstift gebrochen war, was zum Durchrutschen eines Rades geführt hatte. Während Commentariolus den Stift auf dem Drehstuhl neu anfertigte, sprach der Müller Conrad in ernstem Ton an:

»Bist du sicher, dass du kein Müllersgeselle mehr sein willst? Du könntest bei uns in der Mühle leben und deine Meisterprüfung ablegen.«

»Ich bin ganz sicher«, antwortete Conrad selbstbewusst, »die Uhrmacherei fasziniert mich und Commentariolus braucht einen Nachfolger. Wenn in einigen Jahren etwas am Getriebe der Brücker Mühle kaputt gehen sollte, werde ich da sein, um es zu reparieren.«

Der Müller lachte. »Dann bleibst du uns ja erhalten.«

Er fixierte Conrad, bis dieser seinen Blick nicht mehr aushalten konnte.

»Hast du etwas von Emilia gehört? Ich mache mir große Sorgen.«

»Nein«, log Conrad und biss die Lippen zusammen. Ihr Versteck war nicht einmal zehn Fuß entfernt und sie hörte sicher alles, was gesprochen wurde.

Es gab noch eine Frage, die Conrad unter den Nägeln brannte. Es hatte sich schnell herumgesprochen, dass der Müller und Hannes den toten Ludwig nach Hause gebracht und bestattet hatten.

»Seid ihr auch auf dem Bauernhof gewesen, wo es passiert ist?«

»Nein, wir sind gleich wieder umgekehrt, nachdem wir Ludwig gefunden hatten.«

Conrad glaubte dem Müller nicht, aber er schwieg. Einige Tage später erreichte die Nachricht das Dorf, dass ein Bauer mit seinen beiden Söhnen in der Wetterau ermordet worden war. Von den Tätern, zwei

Männern, fehle jede Spur. Die schreckliche Nachricht schockte die Menschen auch in Kriegszeiten. Conrad hatte nun Gewissheit, dass der Müller und Hannes den Tod Ludwigs grausam gerächt hatten.

Er ging jetzt oft in den Garten, der die Form eines lang gestreckten Handtuchs hatte und am Friedhofsweg endete, wo er sich im hinteren Bereich auf einen Holzstoß setzte, um mit Agnes zu plaudern, wenn sie Unkraut jätete oder andere Gartenarbeiten ausführte. Die Nachbarin besaß eine unglaubliche Schnelligkeit. In einer Hand hielt sie eine kleine Hacke, mit der sie den Boden auflockerte, mit der anderen zupfte sie das Unkraut. Sie hielt nie an, sondern war ständig in der Vorwärtsbewegung. Nur wenn Conrad sie ansprach, unterbrach sie ihre Arbeit kurz.

»Warum sieht man den anderen Lehrling nie draußen?«, fragte sie,

»er sieht so schmal und blass aus, ist er krank?«

Conrad hätte durch ihre Frage gewarnt sein sollen.

»Er ist nicht krank, nur etwas angegriffen.«

Agnes ließ nicht locker.

»Also doch krank?«

»Nein, sie ist nicht krank, sie hat nur Heimweh nach ihren Eltern.«

»Sie?« Agnes bekam kugelrunde Augen. Conrad stieg das Blut in den Kopf, weil er sich verplappert hatte. Hastig korrigierte er:

»Ich meinte natürlich ›Er‹.«

Agnes sagte nichts mehr und hackte weiter Unkraut. Es gab für sie keinen Zweifel mehr. Der andere Lehrling war eine Frau, die als Bursche verkleidet war.

Als Conrad ins Haus zurückging, war ihm klar, dass er der neugierigen Nachbarin durch seinen Versprecher einen entscheidenden Hinweis gegeben hatte. Das Problem bestand darin, dass sie diese Neuigkeit im ganzen Dorf verbreiten würde, bis sie schließlich auch dem Fahnenjunker zu Ohren kam. Das war zwar der schlimmste Fall. Er war aber leider sehr wahrscheinlich.

Emilia und Commentariolus waren beide entsetzt, als Conrad über den Vorfall beichtete. Es gab jedoch für sie keinen Zweifel. Emilias Tarnung war durch den Versprecher aufgeflogen und sie musste das Haus so schnell wie möglich verlassen. Sie war verzweifelt.

»Warum kann niemand dem Fahnenjunker das Handwerk legen?«, rief sie, »ich habe doch nichts getan, warum muss ich mich verstecken?«

»Weil du so schön bist«, sagte Commentariolus, »der Junker betrachtet dich als Leibeigene. Im Grunde sind wir das alle. Du weißt ja, dass wir, sobald wir wegziehen wollen, zur Auslösung der Leibeigenschaft ein Abzugsgeld zahlen müssen.«

»Ich will aber nicht wegziehen, sondern hier bleiben!«

Die junge Frau fing zu jammern an und Conrad nahm sie in seinen Arm. Er strich über ihre Igelfrisur, bis sie sich beruhigt hatte.

»Ich werde das Problem für dich lösen, Emilia, das verspreche ich dir«, flüsterte Conrad, »im Augenblick gibt es nur eine Möglichkeit, wir müssen zur Mühle meines Vaters wandern und ihn bitten, uns eine Zeit lang aufzunehmen.«

»Ihr wollt mich hilflosen, alten Greis wieder allein lassen?« Commentariolus schüttelte bekümmert seinen Kopf.

»Wir kommen wieder, inzwischen soll dir Agnes zur Hand gehen.«

Conrad gefiel sein eigener Vorschlag nicht, aber es war wohl die beste Lösung unter allen Möglichkeiten.

Schon am nächsten Morgen packten Emilia und Conrad ihre Bündel mit den wichtigsten Dingen. Emilia behielt ihre Verkleidung bei. Sie sahen jetzt wie zwei wandernde Handwerksburschen aus. Commentariolus gab ihnen nicht nur etwas Geld mit auf den Weg, sondern füllte für Emilia eine Kundschaft aus, die aus einem Kupferstich mit vorgezogenen Linien bestand, dessen Kopf eine Abbildung Marburgs zeigte. In dieses kunstvolle Formular trug er folgendes ein:

*Ich, Meister des löblichen Handwerks derer Uhrmacher im Raum Marburg bescheinige hiermit, dass gegenwärtiger Geselle namens Emil Müller von Amöneburg gebürtig, so 18 Jahr alt und von Statur mittel, auch blonden Haaren, ist bei mir allhier zwei Jahr in Arbeit gestanden und sich solche Zeit über treu, fleißig, still, friedsam und ehrlich, wie es einem jeglichen Handwerksgesellen geziemet, verhalten hat, welches ich also attestiere und deshalb unsere sämtli-*

*chen Mit-Meister diesen nach Handwerksgebrauch überall*
*zu fördern geziemend ersuchen möchte.*

Da er solche Papiere schon häufig ausgestellt hatte,
war die Fälschung perfekt. Conrad und Emilia bedank-
ten sich und umarmten den alten Mann, der seine
Tränen nicht unterdrücken konnte. Dann mar-
schierten sie los.

Im Haus des Uhrmachermeisters war es wieder still.
Er lag nachts im Bett und konnte nicht einschlafen, so
sehr hatte er sich an seine beiden Mitbewohner ge-
wöhnt. Emilia und Conrad waren wie eine Familie für
ihn gewesen. Er hatte aber auch einen talentierten
Lehrling verloren, vielleicht den besten, den man im
Land hatte finden können. Ab sofort schloss er seine
Tür nicht mehr ab und Agnes ging in seinem Haus
wieder ein und aus.

Drei Tage waren vergangen, als am späten Nachmittag seine Tür ging. Er war gerade in seiner Werkstatt
und zählte konzentriert die Zähne der Holzräder, die
er von dem astronomischen Uhrwerk abmontiert hatte. Vor ihm lag ein Blatt Papier, in das er alles ein-
zeichnete. Er hörte Schritte, nahm aber seinen Kopf
nicht hoch, sondern zählte laut weiter. In diesem Moment durchbohrte ein Degen seinen Zettel und blieb
im Tisch stecken, in dem er schnarrend federte.

Als Commentariolus aufblickte, sah er den Fahnenjunker mit zwei seiner Wachsoldaten in seinem Werk-
stattraum stehen.

»Wo sind seine Lehrlinge?«, fragte der Junker böse grinsend. Hinter ihm hatten sich die beiden Soldaten breitbeinig aufgebaut.

»Hat er die Sprache verloren?«

Commentariolus antwortete in Lateinisch wie einst Archimedes:

»Noli turbare circulos meos!«

»Was sagt er da?«, fragte der Junker seine beiden Begleiter, die schallend zu lachen anfingen.

»Zum letzten Mal, wo ist Emilia?«, schrie der Junker mit überschlagender Stimme.

»Verlasst sofort mein Haus!«, rief Commentariolus,

»hinaus mit euch Hundspack!« Dabei zeigte er mit ausgestrecktem Arm zur Tür.

Ein schwerer Fausthieb ließ den gebrechlichen alten Mann vom Stuhl stürzen. In wilder Wut traten die drei Männer mit aller Kraft gegen seinen Körper und Kopf. Als er nicht aufhörte zu wimmern, zog der Junker seinen Degen aus dem Tisch und stieß ihn Commentariolus in die Brust, aus dessen Mundwinkel kurz danach ein dünnes Rinnsal Blut rann. Erst jetzt ließen die Männer von ihm ab und verließen das Haus.

Agnes, die gerade mit einem Zuber Wäsche die Straße herauf kam, sah den Junker mit seinen Begleitern aus dem Haus des Uhrmachers kommen. Böse Ahnungen ergriffen sie. Der Junker hatte sie entdeckt und rief:

»Du hast uns nicht gesehen, sonst.....!«

Er stieß den Degen mit seiner deutlich sichtbaren blutigen Klinge heftig in Agnes Richtung, die erschreckt einen Schritt zurückwich, obwohl sie über dreißig Fuß entfernt war. Als die Männer weggeritten waren, eilte sie ins Haus des Meisters und sah ihn in seinem Blut liegen. Der Mann lag im Sterben, bewegte aber seine Lippen. Sie beugte sich zu ihm hinab und konnte gerade noch verstehen, was er schwach flüsterte:

»Verschließt mein Haus und übergebt es an meinen Lehrling, wenn er wieder zurück kommt. Das Haus, die Uhren und das gesamte Inventar sollen ihm gehören.«

Commentariolus Körper streckte sich noch einmal, bevor jede Spannung aus ihm wich. Sein Kopf viel zur Seite und der Glanz in seinen Augen zerbrach. Er war tot.

Agnes fing laut zu schreien an. Plötzlich wurde ihr klar, dass sie eine Mitschuld an seinem Tod hatte. Sie hatte sich im Backhaus und beim Wäschewaschen am Teich damit gebrüstet, das Geheimnis des Lehrlings zu kennen, der in Wirklichkeit eine Frau war. Das musste sich bis zum Fahnenjunker herumgesprochen haben. Als Folge davon war Commentariolus jetzt tot. Sie begann verzweifelt und wie durchgedreht kreuz und quer durch sein Arbeitszimmer zu laufen. Dabei verteilte sie sein Blut auf den Dielen. Immer, wenn sie an der schweren Eichentür des Raums vorbei kam, schlug sie fest mit dem Kopf dagegen. Bald lief ihr das Blut in Strömen über das Gesicht. Schließlich stürzte sie laut klagend hinaus auf die Straße, wo bald immer mehr Dorfbewohner zusammenliefen und in das Haus des Uhrmachers eindrangen, um seinen Leichnam zu sehen.

Agnes gewann ihre Selbstkontrolle zurück, warf alle Leute aus dem Haus und schloss es ab. Am nächsten Tag kam der vom Ratschöff beauftragte Unterschultheiß vorbei und wollte die Leiche sehen, um festzustellen, ob es tatsächlich Mord gewesen sei. Neben dem toten Uhrmacher lag im getrockneten Blut seine Sackuhr, die durch einen Tritt zum Stehen gekommen war.

»Da wissen wir ja dieses Mal ganz genau, wann der Mord passiert ist«, murmelte er und steckte die Uhr ein. Er fragte Agnes, ob sie etwas beobachtet habe. Sie gab an, zur Tatzeit nicht zu Hause gewesen zu sein. Sie sei erst vom Waschen zurück gekommen, nachdem der Uhrmacher bereits tot gewesen sei. Der Nachbar auf der anderen Seite des Hauses berichtete, dass er die letzte Zeit zwei Lehrlinge beobachtet habe, die seit Kurzem verschwunden seien.

Das wusste bald das ganze Dorf und ein jeder nahm an, dass diese beiden Lehrlinge, von denen einer vermutlich eine Frau in Männerkleidung war, Commentariolus getötet hatten. Bei der nächsten Tagung des achtköpfigen Rats von Schweinsberg im ersten Stock des Gasthauses »Weißes Ross« wurde Einigkeit darüber erzielt, dass der Fall an das Blutgericht in Marburg weitergegeben werden müsse. Vorher müsse aber noch geklärt werden, wer die beiden Lehrlinge seien.

# 7.

Conrad und Emilia kamen auf ihrer Wanderung gut voran. Ihnen kam zu Gute, dass in Hessen im Moment militärisch nicht viel los war. Die Fronten waren eingefroren. Die Kraft Frankreichs schwand dahin. Der Krieg tobte im Osten, in Schlesien, wo alles angefangen hatte. Den Preußen standen dort Österreicher und Russen gegenüber.

Das Wetter war stabil und warm, die Wege trocken, sodass die Wanderer zwischen zwanzig und dreißig Meilen am Tag schafften. Sie teilten sich ihren wenigen Proviant, Brot und Käse, in kleine Portionen ein, die sie gerecht unter sich aufteilten. Einen Tag, nachdem sie den Main in Frankfurt überquert hatten, kamen sie im Odenwald an. Beim Passieren der Grenze zu Baden bekamen beide einen Vermerk in ihre Kundschaft. Es war jetzt nicht mehr weit bis zu Conrads Zuhause.

»Vor uns liegt der letzte Bergrücken«, sagte Conrad, »wenn wir den überquert haben, sind wir im Mühlbachtal.«

Die Nähe des Ziels gab den beiden neue Kraft, die letzte Anhöhe zu überwinden. Sie erreichten eine unbewaldete Kuppe, von der aus sie die Mühle unten im Tal liegen sehen konnten. Sie waren in Conrads Heimat angekommen.

»Hier kenne ich mich aus, hier bin ich schon als Kind herumgelaufen.«

Er war aufgeregt, wieder nach Hause zu kommen, auch wenn er nicht wusste, wie er aufgenommen werden würde.

Sie folgten einem Pfad, der in Serpentinen steil hinunter ins Tal führte. Als sie aus dem Hochwald herauskamen, lag das Mühlengehöft direkt vor ihnen.

Es war Sonntag und über den Gebäuden lag eine tiefe Ruhe, aus der sich nur das Gezwitscher der Spatzenvölker heraushob. Conrad wusste nicht, was ihn erwarten würde, als er das Haus betrat. Doch dann war es genau so, wie er es kannte. In der Wohnstube saßen seine Mutter und seine beiden Schwestern und bestickten Tischdecken. Sie sprangen vor Freude auf und umarmten ihn. Er stellte Emilia vor und erklärte, dass dieser Bursch eigentlich eine Frau sei, die eine gewisse Zeit vor den Übergriffen eines Junkers aus Schweinsberg geschützt werden müsse. Das war eine Sensation in dem an Abwechslungen armen Alltag der Mühlenbewohner. Die Schwestern tuschelten und kicherten. Emilia musste ihre Mütze abnehmen und ihre Igelfrisur bestaunen lassen.

Beim Abendessen erzählte Conrad, wie der Uhrmachermeister Commentariolus und er Emilia aus dem Verlies in der Burg befreit hatten. Er erwähnte nicht, dass er den Müllerberuf aufgegeben hatte und Uhrmacher werden wolle. Auch die Bergung von Ludwigs Leichnam verschwieg er.

»Ihr könnt hier bleiben«, entschied der Müller, »in den Wochen, die wir noch bis Johannis haben, werden wir größere Mengen Getreide aus der Zehntscheune des Markgrafen mahlen müssen, da kann ich euch gut gebrauchen.«

Conrad wusste, dass vom vierundzwanzigsten Juni bis Michaelis am neunundzwanzigsten September der Mühlteich nicht gestaut werden durfte. Damit konnte das oberschlächtige Mühlrad nicht mehr angetrieben werden und die Mühle stand still. Trotzdem ging den Familienmitgliedern im Sommer die Arbeit nicht aus, da sie die Ernte von den zur Mühle gehörenden Feldern einbringen mussten. In dieser Zeit wurde aus der Müllers- eine Bauernfamilie.

Emilia wurde in der Kammer der beiden Schwestern Conrads im Dach einquartiert, denen sie immer wieder ihre Geschichte erzählen musste. Sie trug jetzt wieder Frauenkleidung. Conrad musste vorläufig in der Scheune schlafen, bis eine andere Kammer freigeräumt war. Seine Mutter gab ihm aber zwei Tücher mit, damit er sich ein ordentliches Bett im Stroh machen konnte.

In seiner ersten Nacht lag er noch lange wach. Er fühlte sich nach langer Zeit wieder sicher und geborgen. In Commentariolus' Haus waren sie ständig davon bedroht gewesen, durch Nachbarn oder Besucher enttarnt zu werden. Nicht nur Emilia war in Gefahr gewesen, sondern auch der Uhrmacher und er selbst, da sie die junge Frau entführt hatten und versteckt hielten. Mit dem Fahnenjunker war nicht zu spaßen. Es ging das Gerücht, dass er einen Bauern erstochen hatte, der den Zehnt nicht leisten konnte oder wollte.

Conrad hatte sein Bett direkt an dem großen Zwerchgiebel gemacht, durch den normalerweise die

Strohbündel mit einer langen Gabel vom Wagen in die obere Ebene der Scheune gereicht wurden, wo sie ein Knecht abnahm und stapelte. Die beiden Läden, mit der man die Gaube verschließen konnte, standen weit offen und gaben den Blick auf den östlichen Sternenhimmel frei. Conrad erkannte das kleine Sternbild Leier mit dem hell leuchtenden Stern Vega und etwas tiefer nach links versetzt den Schwan mit Deneb. Dicht über dem Horizont ging gerade der Adler mit dem hellen Altair auf. Conrad war stolz, dass er die Sterne zuordnen konnte, die er von der Rete des Astrolabiums im Haus von Commentariolus kannte. Er hatte noch viele Fragen, die er ihm alle stellen wollte, sobald er zurück war.

Nur — wann konnten sie wieder heimkehren? Die Lage würde sich von alleine nicht bessern. Vielleicht kam ihnen aber der Zufall als eine Art göttliche Fügung zu Hilfe. Mit diesen Gedanken schlief Conrad ein.


In den nächsten Wochen lief der Mühlenbetrieb auf Hochtouren. In der Erwartung einer guten Ernte wurden die Restbestände, die der Landesherr und einige reiche Bauern aus dem Vorjahr gebunkert hatten, zu Vollkornmehl gemahlen, das dringend gebraucht wurde. Für alle Bewohner der Mühle bedeutete das harte Arbeit. Der Arbeitstag begann bei Sonnenaufgang und endete, wenn es dunkel wurde. Da die Tage immer länger wurden, musste mit jedem Tag ein wenig länger gearbeitet werden. Nach dem Abendessen fielen alle todmüde ins Bett. Da Conrad meistens Säcke schleppte oder direkt am Mahlgang arbeitete, sah er Emilia, die im Haushalt mithalf, oft den ganzen Tag nicht. Er schlief immer noch in der Scheune, obwohl die kleine Kammer im Dach für ihn hergerichtet worden war. Seine Eltern schüttelten den Kopf darüber, aber er fühlte sich unter dem großen Dachstuhl der Scheune freier als in dem winzigen Zimmer.

»Es ist, als hätte ich einen künstlichen Himmel über mir«, erklärte er Emilia beim Abendessen,

»im Gebälk haben eine Schleiereule und ein Käuzchen ihre Nester. Die Eule fliegt nachts lautlos nur einige Fuß über mein Bett und durch die Dachgaube hinaus und kommt irgendwann mit einer Maus zurück, die sie ihren Jungen verfüttert, die laut zischend nach ihr rufen. Das Käuzchen dagegen stößt komische Laute aus.«

»Wie hören sich diese Laute an?«, fragte Conrads Mutter besorgt, die seine Worte mit angehört hatte.

Conrad lachte.

»Wie sollen sie sich anhören, es klingt so ähnlich wie ›Komm mit!‹.«

Conrads Mutter wurde blass.

»Das ist der Tod, der durch diesen Kauz spricht, er fordert dich zum Mitkommen auf!«

Alle am Tisch waren sehr betroffen und sahen Conrad an.

»Keine Angst, ich werde nicht mitgehen.«

»Du solltest wirklich endlich in deine Kammer umziehen«, schimpfte seine Mutter,

»ich mache mir jetzt wirklich Sorgen.«

»Das musst du doch nicht«, schaltete sich der Müller lachend ein,

»dieser Kauz ruft Conrad zur Arbeit und hat das mit Erfolg die ganze Zeit getan«, und an Conrad gerichtet fuhr er fort:

»Du bist uns eine wirkliche Hilfe, mein Sohn. Das wollte ich dir unbedingt sagen, nachdem ich am Anfang etwas an dir gezweifelt habe.«

Ob diesen unerwarteten Lobs lief Conrad rot an. Alle Augen waren auf ihn gerichtet, die Frauen lachten und die Männer nickten anerkennend und schlugen ihm auf die Schulter.

Es war nicht mehr lang bis Johannis, dem Tag, an dem der Mühlenbetrieb für die Dauer von drei Monaten eingestellt werden musste. Der Bach führte zwar noch genügend Wasser mit sich, durfte aber nicht mehr gestaut werden, was durch den Mühlenvertrag geregelt war. Es war Sonntag und die Arbeit ruhte. Auch Emilia hatte frei und musste heute nicht in der Küche mitarbeiten. Um die Mittagszeit sah Conrad sie auf dem kleinen Holzsteg sitzen, der oberhalb der Scheune den Bach überquerte. Sie saß da, summte eine Melodie und ließ ihre Füße ins Wasser baumeln. Es war ein warmer Sommertag und das schnell fließende, frische Wasser spendete Kühlung. Conrad setzte sich neben sie, zog seine Schuhe aus und ließ seine Füße von der kalten Strömung umspülen. Der Bach rauschte, gluckste und sprudelte. Entlang seines Laufs reihten sich Schatten spendende Erlen, auf dem Bachgrund hatten sich Dorngrundeln in den Sand eingegraben und hin und wieder schoss eine Forelle wie ein Strich durchs Wasser, um dann mit leicht schlagender Schwanzflosse in der Strömung zu stehen.

»Es ist so schön hier, trotzdem habe ich manchmal Heimweh nach der Brücker Mühle.«

»Wir werden im nächsten Jahr dorthin zurückkehren«, sagte Conrad. Er blickte Emilia ins Gesicht und sah die Spuren von Tränen auf ihren Wangen.

»Ich muss zurück, ich bin doch Hannes versprochen, meine Familie weiß nicht einmal, wo ich bin und ob ich überhaupt noch lebe.«

»Es ist so ein schöner Tag heute, du musst auf andere Gedanken kommen!«

Conrad war aufgesprungen, hatte ihre Hand ergriffen und Emilia hochgezogen.

»Lass uns dem Bach folgen!«

Er hielt ihre Hand weiter fest und sie wateten im Bachbett das Tal hinauf, das immer enger wurde. Schließlich kamen sie an eine Schlucht, die der Bach aus dem Berg geschnitten hatte. Blanke Felsen traten überall zutage. Das Wasser floss hier wesentlich schneller, füllte kleine Becken, platschte von diesen auf große Felsbrocken und spritzte gegen die Wände der kleinen Klamm. Die Luft war mit Gischt erfüllt. Da die Sonne aus der Richtung des Tals schien, spannte sich ein Regenbogen am Ausgang der Schlucht. Durch die Verdunstungskälte des fein verteilten Wassers war es hier auch merklich kälter.

»Ich friere, außerdem ist dieser Ort unheimlich, ich kann es spüren«, sagte Emilia.

»Ich durfte als Kind nie hier spielen, an diesem Ort sollen vor zwanzig Jahren drei Kinder verschwunden sein, die Pilze gesucht hatten.«

Conrad ergriff wieder Emilias Hand.

»Komm mit, wir gehen am Waldrand entlang bis zur Teufelskanzel. Von dort haben wir einen schönen Ausblick.«

Das Gelände stieg jetzt stark an. Überall ragten Felsen aus der Wiese.

»Die an den Wald angrenzenden Flächen gehören noch zur Mühle, können aber nur als Weide genutzt werden«, erklärte der Sohn des Müllers.

Die Teufelskanzel war ein Felsvorsprung hoch über dem Tal, dessen oberer Abschluss ein kleines Plateau bildete, das man begehen konnte.

»Bist du schwindelfrei?«

Emilia blickte Conrad ängstlich an.

»Woher soll ich das wissen?«

Sie hielt sein Hand jetzt ganz fest und sie betraten die kleine Fläche auf dem Felsen.

»Setz dich neben mich!«

Conrad hatte sich auf die vordere Kante des Plateaus gesetzt und ließ seine Beine über dem Abgrund baumeln. Emilia tat es ihm nach, ohne seine Hand loszulassen.

»Du scheinst schwindelfrei zu sein.«

Sie nickte und war stolz, dass sie sich das getraut hatte.

Ihr Blick ging über den Wiesengrund bis hin zur Mühle und weiter zum Dorf, das an den Ausgang des Tals anschloss. Dahinter sah man die Erhebungen des

Odenwalds. Über die Teufelskanzel blies ein frischer Wind.

»Halt mich warm«, flüsterte Emilia, worauf Conrad seinen Arm um sie legte.

»Kannst du dir vorstellen, warum dieser Platz Teufelskanzel heißt?«

»Ich habe schon darüber nachgedacht«, sagte Emilia, »da gibt es doch eine Stelle in der Bibel.«

»Im Matthäus Evangelium, der Teufel führt Jesus auf einen sehr hohen Berg und zeigt ihm alle Reiche der Welt und ihre Herrlichkeit und spricht zu ihm: Das alles will ich dir geben, wenn du niederfällst und mich anbetest.

Da sprach Jesus zu ihm: Weg mit dir, Satan! Denn es steht geschrieben: Du sollst anbeten den Herrn, deinen Gott und ihm allein dienen.«

Emilia lächelte.

»Diese Geschichte hat mich auch immer sehr beeindruckt, wenn der Pfarrer sie aus der Bibel vorlas. Jetzt weiß ich, wo sich die Teufelskanzel befindet.«

»Es wird vielleicht doch eher im heiligen Land gewesen sein, dort wo Jesus lebte.«

»Ich muss dir etwas wichtiges sagen«, unterbrach Conrad eine längere Pause, »es hat etwas mit deiner Familie zu tun.«

Emilia blickt ihn überrascht an.

»Du kennst doch die große astronomische Uhr im Haus von Commentariolus?«

»Ja, natürlich!«

»Der Meister und ich haben diese Uhr mit der Kurbel weitergedreht, bis sich vom siebten bis einundzwanzigsten September des nächsten Jahres eine Konstellation ergab, die auf ein schlimmes Kriegsereignis hinweist. Dein Vater hatte schon früher bei Commentariolus ein Geburtshoroskop machen lassen, dass auch auf eine solche Katastrophe hinwies. Dieses Zusammentreffen deutet darauf hin, dass wahrscheinlich die Brücker Mühle und deine Familie durch ein schlimmes Unglück betroffen sein werden.«

»Wird das in diesem oder dem nächsten Jahr sein?«

»Im nächsten, im September 1762.«

»Als ob wir nicht schon genug durch den Junker erleiden mussten und in Zukunft fürchten müssen«, flüsterte Emilia traurig.

Sie fing zu zittern an und Conrad nahm sie noch fester in seinen Arm. Die Schönheit der Landschaft und des Augenblicks versank in diesem Moment in den düsteren Prophezeiungen und der Angst vor dem Junker, die sie schlagartig wieder erfasst hatte.

## 8

Die Kornspeicher des Markgrafen waren jetzt leer. Die Getreidevorräte waren in mehreren Mühlen der Markgrafschaft zu Mehl gemahlen worden, das für die umliegenden Dörfer, deren Vorräte verbraucht waren, mindestens noch drei Monate reichen musste. Diese Zeitspanne stellte auch die Grenze für die Haltbarkeit des Vollkornmehls dar, das bei zu feuchter Lagerung schon nach einigen Wochen ranzig werden konnte.

Der Mühlenbetrieb ruhte. Der Mühlbach, aus dem das Dorf am Ausgang des Tals sein Wasser bezog, durfte nicht mehr gestaut werden und das Mühlrad stand bald danach still. Das Leben für die Bewohner der Mühle wurde etwas leichter. Arbeit gab es jedoch noch genug. Die Zeit für Instandsetzungen war gekommen. Durch das starke Rütteln des Mahlwerks entstanden jedes Jahr neue Schäden am Gebäude. Meistens fiel nur etwas Lehmputz aus den Gefachen, der durch die hohe Luftfeuchte seine Festigkeit verloren hatte. Aber auch der Antrieb erforderte eine ständige Wartung. Immer wieder brachen Zähne am großen Stirnrad ab, das die horizontale Drehbewegung des Mühlrads in die vertikale des Mahlwerks übertrug. Der alte Müller staunte über die Kenntnisse, die Conrad plötzlich hatte, der sogar das Lagerspiel der Zapfen kontrollierte.

»Du hast deine Gesellenzeit genutzt und wirklich etwas dazu gelernt«, lobte er ihn. Der ältere Sohn Paul, der offizielle Pächter der Mühle, wurde beinahe eifersüchtig wegen des vielen Lobs für seinen Bruder. Trotzdem blieb die Stimmung in der Familie gut. Conrad hätte zu gerne davon erzählt, dass er eine Lehre bei einem berühmten Uhrmacher angenommen hatte, befürchtete aber, dass sein Vater dafür kein Verständnis haben würde.

Es wurde Sommer. Zur Mühle gehörten einige Morgen Land, die nur an den Stellen bewirtschaftet wurden, wo das Gelände nicht zu stark anstieg. Die schwer erreichbaren und von Felsen durchsetzten Flächen an den steilen Flanken des Tals dienten nur als Weide für die Kühe und Ziegen. Auf den flachen Feldern hatte der Müller Roggen ausgesät, der in diesem Jahr prächtig gediehen und reif für die Ernte war. Jeden Tag prüfte er den Reifegrad, indem er seinen Fingernagel in ein Roggenkorn drückte. Als er es nicht mehr schaffte, das Korn zu spalten, war der richtige Zeitpunkt gekommen. Mit Sensen schnitten die Männer das Getreide ab, während die Frauen es zu Garben zusammenbanden. Sie alle kannten die Arbeitsabläufe und arbeiteten das Feld zügig ab. Um die Mittagszeit brachte die Magd in einem Korb mehrere Flaschen mit verdünntem Apfelmost sowie Brot, Käse und Wurst. Das Vesper wurde am Waldrand im Schatten alter Eichen und Buchen eingenommen. Der Wald, der vor allem an steilen Hängen und auf Bergkuppen stand, war bis jetzt von der Abholzung verschont geblieben.

Das Binden der Garben war mit ständigem Bücken verbunden und sehr anstrengend. Danach mussten die auf dem Feld liegenden Bündel zur Trocknung aufgestellt werden. Je nach Größe wurden zwischen sechs und acht Garben gegeneinander gestellt. Es war harte Feldarbeit und erst bei Einbruch der Dunkelheit machte sich die Gruppe auf den Weg zurück zur Mühle. Conrad sah sich nach Emilia um, konnte sie aber nicht entdecken.

»Ich gehe kurz zurück und sehe nach, wo sie bleibt.«
Sein Bruder Paul nickte.

Die Dämmerung war inzwischen so weit fortgeschritten, dass man die auf dem Feld stehenden Getreidebündel nur noch schemenhaft erkennen konnte.

»Emilia!«, rief Conrad laut, während er über die Stoppel rannte, bekam jedoch keine Antwort. Dann löste sich vor ihm der Schatten der jungen Frau aus einem der Garbenhaufen. Wie ein flüchtendes Tier sprang sie Haken schlagend übers Feld. Conrad war ein guter Läufer und verfolgte sie. Mit einem gewaltigen Satz warf er sich auf die Flüchtende und riss sie nieder. Da lag sie nun stoßweise atmend und lachend vor ihm auf dem Bauch. Doch schon im nächsten Moment drehte sie sich blitzschnell herum, wollte aufspringen und weiter laufen. Conrad hinderte sie jedoch daran, indem er ihre Handgelenke nach unten drückte.

»Welchen Hasen hab ich denn da gefangen?«

Sein Gesicht kam ihrem ganz nah, bis sich fast ihre Nasenspitzen berührten. Ihr Brustkorb hob und senkte sich schnell als Folge ihrer Atemlosigkeit. Keuchend wollte sie ihm antworten, dass sie kein Hase, sondern ein Reh sei, brachte aber kein Wort heraus. Conrad fühlte sich zu ihr hingezogen, wollte ihr noch näher sein, sie umarmen und festhalten. In seiner Unerfahrenheit ängstigten ihn jedoch seine Gefühle für sie und er wich erschreckt zurück. Emilia ging es ebenso. Verwirrt von ihren Empfindungen schnellte sie hoch und stieß ihn weg.

Conrad gab noch nicht auf und nahm ihre Hand.

»Jetzt kannst du nicht mehr weglaufen«, versuchte er zu begründen, warum er seine Finger fest mit ihren verschränkte. Seine Rechtfertigung war banal, gemessen an den Gefühlsströmen, die über die verbundenen Hände durch die Körper der beiden flossen. Die Nähe wurde ihnen unangenehm, immer weiter entfernten sie sich beim Gehen, bis die Verbindung ihrer Hände wieder abriss.

»Conrad und Emilia, beeilt euch, ihr kommt sonst zu spät zum Abendessen«, hörten sie von Weitem die Stimme Pauls durch die Nacht rufen. Conrad wusste, dass sein Vater empfindlich darauf reagierte, wenn jemand zu spät kam, also fingen er und seine Begleiterin zu laufen an. Sie kamen in die Stube, als alle anderen schon am Tisch saßen. Die Müllerin warf ihnen einen prüfenden Blick zu. Sie hatte schon längst und vor allen anderen bemerkt, dass sich zwischen ihrem Sohn und Emilia etwas entwickelte.

Später lag Conrad noch lange in seiner Scheune wach und dachte darüber nach, was auf dem Feld passiert war. Immer wieder drehten sich seine Gedanken um diesen Augenblick. Mitternacht war schon lange vorbei und er wälzte sich immer noch unruhig auf seinem Strohbett.

Emilia hatte die Bewegungen einer Katze, als sie zu ihm auf den Heuboden der Scheune stieg. Sie kletterte nicht von Sprosse zu Sprosse, sondern glitt in einer völlig harmonischen Bewegung die Leiter hinauf. Kein Laut war zu hören. Conrad bemerkte sie nicht einmal, als sie im Nachthemd direkt vor ihm stand und auf sein Lager starrte, dass sie nur deswegen erkennen konnte, weil der Mond zum offenen Giebel herein schien.

»Nicht erschrecken!«, flüsterte sie leise, »ich bin durch das hintere Fenster der Wohnstube aus dem Haus gestiegen, niemand hat mich bemerkt.«

Conrad fuhr im Halbschlaf hoch, aber sie drückte sanft auf seine Schultern, sodass er sitzen bleiben musste, kniete sich vor ihn und legte ihre Arme um ihn.

»Ich konnte nicht einschlafen, was passiert mit uns? Wollen wir das oder will das der liebe Gott?«

Es war ein Zeichen ihrer Reife und Auseinandersetzung mit ihren Gefühlen, dass Emilia diese Frage stellte.

»Ich weiß, dass ich Hannes versprochen bin, aber mein Geist und Körper sehnen sich nur nach dir.«

Ihr Bekenntnis löste in Conrad ein Glücksgefühl aus. Wieder kam sie seinem Gesicht ganz nah. Er legte seine Hand in ihren Nacken und versuchte, sie an sich zu ziehen und zu küssen. Es klappte aber nicht, da die Nasen im Weg waren.

»Emilia, bist du dort oben?«, hörte man in diesem Moment die Stimme der Müllerin im Hof hallen, die, ebenfalls nur mit einem Nachthemd bekleidet, mit einer brennenden Kerze vor der Scheune stand.

»Pst!« Conrad legte den Finger auf Emilias Mund. Sie hielten beide den Atem an und verharrten unbeweglich, er sitzend, sie vor ihm kniend. Dann hörte man die Tür zum Haupthaus zuschlagen.

»Ich muss sofort zurück, es tut mir leid.«

Emilia nahm denselben Rückweg hinter den Gebäuden und schloss das rückwärtige Fenster wieder, nachdem sie ins Haus eingestiegen war. Barfuß huschte sie die Treppe hinauf bis zur Kammer im Dach, in der die beiden Schwestern Conrads immer noch schliefen. Als Sekunden später die Müllerin die Tür öffnete, um die Lage zu kontrollieren, sah sie die drei jungen Frauen in tiefem Schlaf liegen.

Am nächsten Tag setzte sich die harte Landarbeit für die Belegschaft der Mühle fort. Conrad schien es, als herrsche wegen des nächtlichen Zwischenfalls eine gedrückte Stimmung. Wer aber wusste überhaupt davon? Normalerweise schliefen die Bewohner des Gehöfts um diese Zeit. Nach dem Abendessen, als alle noch um den Tisch herum versammelt waren, unterbrach der Müller die Unterhaltungen mit der Bemerkung, dass er etwas Wichtiges zu sagen habe.

»Ich habe den Verdacht, dass mein Sohn mit der Müllerstochter aus Hessen unter meinem Dach in Sünde lebt und möchte ihm und allen anderen sagen, dass ich das auf gar keinen Fall dulden werde. Solche Verfehlungen sprechen sich schnell herum, sie werden im Dorf darüber reden und Schande wird über unsere

Familie kommen. Wir könnten sogar der Kuppelei bezichtigt werden.«

Zu Conrad gewandt, fuhr er fort:

»Sollte noch einmal der leiseste Verdacht hochkommen, dass ihr das sechste Gebot nicht befolgt, müsst ihr die Mühle verlassen!«

Er atmete tief durch.

»Die Mädchenkammer wird sofort nachts von außen abgeschlossen!«

Conrad sprang auf, stieß dabei seinen Stuhl um und verließ den Raum, während Emilia wie verwurzelt am Tisch saß. Keiner sagte mehr ein Wort, um den Müller nicht weiter zu reizen. Dieser war nicht zum Äußersten gegangen, die beiden sofort vom Hof zu vertreiben, weil sie hervorragende Arbeitskräfte waren, die er gut brauchen konnte. Er hatte aber keinen Zweifel daran gelassen, dass in Zukunft allein ein Verdacht reichen würde, seinen Sohn und Emilia wieder wegzuschicken.


Die nächsten Wochen waren weiter mit schwerer Arbeit ausgefüllt. Die getrockneten Garben wurden mit dem Ochsengespann vom Feld geholt und in die Scheune gebracht, wo ein Dreschplatz eingerichtet war. Jetzt kam der schwerste Teil der Arbeit. Alle männlichen Bewohner der Mühle mussten sich im Kreis aufstellen. Abwechselnd ließen sie die Dreschflegel auf die Ähren niedersausen, bis alle Körner herausgedroschen waren.

Der Sommer verging, ohne dass Conrad und Emilia auch nur ein einziges Mal Gelegenheit bekommen hatten, sich länger zu unterhalten. Ihr Verhalten wurde von der ganzen Familie überwacht und bespitzelt. Nur manchmal trafen sich ihre Blicke, versenkten sich ineinander und hielten sich für einen kostbaren Moment fest. Diese Augenblicke gaben ihnen Hoffnung und drückten mehr aus, als Worte hätten sagen können. Mitte September verabschiedete sich das dauerhaft schöne Wetter. Es gab zwar immer noch sonnige Tage, die Temperaturen waren aber niedrig und die Nächte wurden immer kälter. Das kleine Tal war in den Morgenstunden von dichtem Nebel erfüllt, der sich erst um die Mittagszeit auflöste. Conrad wurde es zu kalt in der Scheune und er bat seine Eltern, in das freigeräumte Zimmer ziehen zu dürfen. Sie konnten es ihm schlecht abschlagen, achteten aber jetzt besonders darauf, dass die Mädchenkammer über Nacht abgeschlossen wurde.

An Michaelis wurde der Mühlteich gestaut und bald war wieder das dumpfe Stampfen und Rollen des Mahlwerks zu hören. Am ersten Sonntag im Oktober fand das Erntedankfest statt. Eine reiche Ernte war eingefahren worden und alle machten sich für das Fest auf dem Dorfplatz zurecht. Der Müller war bester Laune. Er und seine Frau hatten sich herausgeputzt. Conrad und Emilia bekamen von der Müllerin die Sonntagskleider, die sie in einer Truhe aufbewahrte und die normalerweise dem Kirchgang vorbehalten waren. Während der Werktage hatten die beiden in den letzten Monaten immer nur ihre Arbeitskleidung getragen, von der sie zwei Garnituren besaßen, die im Wechsel alle drei Tage gewaschen wurden.

Die ganze Familie mit Knecht und Magd fuhr mit dem Ochsengespann ins Dorf. Der Müller und sein ältester Sohn saßen vorne auf dem Bock, die anderen auf der Ladefläche des großen Leiterwagens, mit dem sie die Ernte eingeholt hatten.

Auf dem Marktplatz des Dorfs waren Tische und Bänke aufgestellt. Den Platz um die alte Linde herum hatte man frei gelassen und mit Bohlen als Tanzboden ausgelegt, da man auf dem unregelmäßigen Kopfsteinpflaster schlecht hätte tanzen können. Seitlich befanden sich Stände, an denen es Bier und Apfelmost gab. Über einem offenen Feuer wurden Würste gegrillt, zu denen Brotranken gereicht wurden.

Es wurde viel getrunken und ständig mussten neue Fässer herangeschafft werden. Dann spielten drei Musiker zum Tanz auf. Das Getröte der Schalmei war das Signal für die Bauernburschen, die Mädchen aufzufordern. Conrad, der den warnenden Blick seines Vaters aufgefangen hatte, zögerte noch, Emilia zu fragen, als auch schon mehrere junge Männer gleichzeitig auf die schöne Müllerstochter aus dem Hessischen zustürmten, die ihre Haare, die wieder einigermaßen nachgewachsen waren, geschickt zu einem Dutt geflochten hatte. Bereits hier hätte es um ein Haar ein Handgemenge unter den Burschen gegeben.

Einer der jüngeren Bauern setzte sich dem Müller gegenüber und fing lautstark an, diesen zu beschimpfen.

»Du Schelm mit deinen Diebslöchern, wo das Mehl an den Seiten reinfällt und deine Gefäß stimmen auch nicht. Du zwackst das Mehl ab, wo du nur kannst und lässt deine Hühner und Tauben in die Mühl und im fremden Getreide Herr sein!«

Der Bauer hatte einen wunden Punkt getroffen, da vielerorts das Müllerhandwerk nicht als ehrenhaft angesehen wurde. Einige der in der Nähe sitzenden Festbesucher klatschten Beifall. Der Müller sprang auf und packte den Mann am Hals, der unter dieser plötzlichen Attacke seine Augen verdrehte.

»Du Lügner!«, schrie er, »das kannst nicht beweisen, ich verklag dich auf Beleidigung!«

Conrad und sein Bruder Paul sprangen gleichzeitig auf, um die Streitenden zu trennen. Zum Glück mischte sich niemand ein. Sie packten den Bauern und schoben ihn von ihrem Tisch weg. Das Problem schien gelöst. Kurze Zeit später forderte der Streithahn jedoch Emilia zum Tanzen auf, die die Auseinandersetzung beobachtet hatte und keine Anstalten machte, ihm zur Tanzfläche zu folgen. Der Mann packte sie an ihrer Jacke und zog sie hinter sich her. Ein Bursch, der schon vorher mit ihr getanzt hatte, griff ein und versuchte, sie dem Jungbauern zu entreißen. Das war das Signal für Conrad. Er ging auf die Dreiergruppe zu, um Emilia zu helfen, bekam aber einen Faustschlag ins Gesicht, der ihn stürzen ließ. Jetzt griffen auch Paul, der Mühlenknecht und der Müller selbst ein, der immer noch eine maßlose Wut auf den Bauern hatte. Eine Schlägerei entbrannte, in die immer mehr der anwesenden Männer hineingezogen wurden. Erst das Auftreten eines bewaffneten Büttels, der einen Schuss in die Luft abgab, beendete die Keilerei. Der Tanz ging weiter. Niemand wagte mehr, Emilia aufzufordern. Umso mehr hüpften jetzt Conrads Schwestern auf der Tanzfläche herum, die eine ausgerechnet mit dem Jungbauern, der den Streit verursacht hatte.

»Der hätt doch gleich sagen können, welche er will«, flüstere Paul Conrad ins Ohr, der trotz seines anschwellenden Auges einen Lachanfall bekam.

Als die Mühlenbelegschaft schließlich mit dem Ochsengespann wieder nach Hause fahren wollte, konnten sich der alte Müller und sein Sohn Paul kaum noch auf den Beinen halten. Sie waren völlig betrunken. Auch der Knecht konnte nur noch mit Hilfe von weit ausgreifenden Ausfallschritten den Sturz verhindern. Die Männer krabbelten mit Mühe auf den Wagen, wo sie einfach liegen blieben und einschliefen. Conrad setzte sich auf den Bock und Emilia neben ihn. Der in der abnehmenden Phase befindliche Mond war bereits untergegangen. Die Sterne waren dadurch besonders gut zu erkennen. Im Sternbild Fische standen drei Wandelsterne, die Planeten Uranus, Neptun und Jupiter. Letzterer überstrahlte alle anderen. Seine vier größten Monde hätte man heute mit einem Fernglas beobachten können. Conrad wusste das. Er wusste, dass es sie gab, obwohl man sie mit bloßem Auge kaum sehen konnte.

»An was denkst du? Ist alles in Ordnung mit den Sternen?«, fragte Emilia besorgt, nachdem sich das Gespann in Bewegung gesetzt hatte.

»Die Sterne sagen mir, dass wir füreinander bestimmt sind.«

»Das hast du gerade erfunden!«

Emilia lachte und zwickte Conrad in den Oberarm. Er hatte bis jetzt die Zügel durch beide Hände laufen lassen, ließ aber nun den ledernen Riemen einfach fallen. Auf die Lenkung des Gespanns hatte das keinen Einfluss. Die Ochsen kannten den Weg zum Stall und stampften trittsicher auf dem holprigen Feldweg weiter, der in der Dunkelheit nicht mehr zu sehen war.

Der Heuwagen schwankte wild und schüttelte die Betrunkenen durcheinander, denen die unruhige Fahrt nichts auszumachen schien. Conrad stemmte beide Hände flach gegen die Sitzbank, um nicht von dem bockigen Gefährt hinunterzufallen. Dabei berührte er Emilias Oberschenkel, die daraufhin ihre Finger mit seinen verschränkte. So hielten sie sich aneinander fest, um nicht plötzlich abgeworfen zu werden. An der Mühle angekommen, gelang es nur mit Mühe, die Betrunkenen wach zu machen, die es kaum noch schafften, ihre Kammern zu erreichen. Der alte Müller hatte sich unterwegs mehrmals übergeben und sah im Schein der ölbetriebenen Hoflampe schrecklich aus, was die Müllerin zu einem Entsetzensschrei veranlasste.

Auch Conrad hatte einige Humpen Most getrunken, fühlte sich aber wohl. Er spannte die Ochsen aus und führte sie in den Stall. Danach ging er in seine Kammer unterm Dach, legte sich aufs Bett und versuchte zu schlafen. Es gelang ihm nicht, da er ständig daran denken musste, wie Emilia während der Heimfahrt seine Hand gehalten und immer wieder gedrückt hatte. Eine Stunde verging. Dann klopfte es leise an seine Tür. Ohne eine Antwort abzuwarten, schlüpfte die junge Frau, an die er gerade gedacht hatte, ins Zimmer.

»Deine Eltern haben vergessen, das Mädchenzimmer abzuschließen und schlafen jetzt ihren Rausch aus.«

In dem dunklen Raum sah sie in ihrem weißen Nachthemd aus Leinen fast wie ein Gespenst aus, das sich seiner schmalen Pritsche näherte.

»Mach uns ein Lager neben dem Bett«, flüsterte sie. Ihre Stimme brachte ihn zum Zittern und er tat, was sie ihm gesagt hatte. In der Hand hielt sie ein Kopftuch, dass sie Conrad gab.

»Verbinde bitte deine Augen, ich ziehe jetzt mein Nachthemd aus!«

Conrad wusste nicht, ob er wachte oder träumte. Vielleicht hatte er doch zu viel Most getrunken. Es war so dunkel im Zimmer, dass es nicht noch einer Augenbinde bedurft hätte. Trotzdem folgte er ihrer Anweisung. Als sie dann auf dem harten Boden, auf dem Conrad sein Leintuch ausgebreitet hatte, nebeneinander lagen, fragte Emilia:

»Weißt du denn, wie es geht?«

»Der Knecht hat es mir erklärt. Ich hab sogar einmal gesehen, wie er und die Magd es in der Scheune gemacht haben.«

»Dann mach jetzt, was du gesehen hast!«

Die beiden Unerfahrenen brauchten nicht lange, um den uralten Akt nachzuvollziehen. Instinktiv wussten sie, was sie zu tun hatten. Auch das Problem mit den Nasen löste sich wie von selbst.

Nachdem sie später atemlos nebeneinander lagen, nahm Conrad seine Augenbinde ab.

»Ich muss sehen, wie schön du bist.«

»Nein!«

Emilia sprang auf, zog ihr Nachthemd wieder an und huschte ohne ein weiteres Wort schnell aus dem Zimmer.

## 9

Um die Mauern und Türme von Burg Schweinsberg bliesen die ersten schweren Herbststürme
und rissen die Wärme des Sommers aus den Gemäu-
ern. Das Zentrum der Burganlage, die mittelalterliche
Oberburg, die nur noch aus Mauerresten bestand, war
mit großen, wild gewachsenen Ahornen und Robinien
überwuchert, deren Laubmassen in gelb und rot leuchteten. Irgendwie hatte dieser Baumbestand die Abhol-
zungen der Kriegsparteien überstanden. Der Bewuchs
zeigte aber auch, dass die Burg ihre Bedeutung als
Bollwerk gegen anstürmende Feinde verloren hatte.
Die modernen Kanonen konnten auch meterdicke
Mauern zertrümmern. Die Anlage hätte ein idyllischer
Platz sein können, eine Art Lustschloss, wenn nicht
der Krieg in der Region getobt hätte.

Das vom Baron nur gelegentlich genutzte Haupthaus der Burg war im ersten Stock zum Wohnen eingerichtet. Alle Räume waren mit einer hohen Täfelung
ausgestattet, in die Wandkonsolen integriert waren. In
den Ecken standen kunstvoll intarsierte Barocktruhen.
Das Prunkstück der Etage war jedoch eine Gruppe
reich verzierter gotischer Stühle, die für die adlige Familie eine so hohe ideelle Bedeutung hatten, dass es
immer wieder Streit um sie gegeben hatte.

Die große Halle und der Rittersaal im Erdgeschoss
des Hauses wurden kaum noch für Versammlungen
oder Gerichtsverfahren genutzt. Wenn der Baron in
der Burg weilte, hielt er sich meistens in seinem
Arbeitszimmer auf, das seit einigen Tagen durch einen

offenen Kamin geheizt wurde und angenehm warm war. Erst im Winter, wenn die Temperaturen weit unter den Gefrierpunkt sanken, reichte der Kamin nicht mehr aus, das Zimmer ausreichend zu erwärmen.

Der Adlige saß in der Mitte des Raums an einem geschwungenen Barocktisch aus Nussbaumholz. Um ihn herum blickten von den Wänden die Ölgemälde seiner Vorfahren auf ihn herab, die in zwei Reihen übereinander hingen. Er hatte den Fahnenjunker aus dem Hertenheimer Haus zu sich gebeten.

»Es gibt Gerüchte im Dorf, die bis nach Marburg und Cassel gedrungen sind und denen wir entgegentreten müssen«, eröffnete der Baron das Gespräch.

Der Junker gab sich völlig überrascht.

»Welche Gerüchte könnten das wohl sein?«

»Das ist ein Gerede, das Ihre Person betrifft.«

Der Baron sah sein Gegenüber lauernd an.

»Es geht um die Ermordung von Commentariolus, des Uhrmachers und Astronomen. Dieser Mann war weit über die Grenzen unseres Landes hinaus bekannt. In Cassel weiß man außerdem von der astronomischen Uhr, die immer noch in seinem Haus steht und sehr wertvoll sein soll. Die Verwaltung des Landgrafen hat mir geschrieben, dass diese Uhr wieder zurück nach Cassel müsse. Man wolle sie dort in das Astronomisch Physikalische Kabinett bringen.«

Der Baron hielt das Schreiben des Landesherrn hoch, dessen rotes Wachssiegel aufgebrochen war.

»Was hat das aber mit mir zu tun?«, fragte der Junker frech.

»Die Bewohner des Dorfes sind der Meinung, dass Sie den Uhrmacher erstochen haben.«

Der Hertenheimer sprang erregt auf.

»Wer behauptet das? Ich fordere Genugtuung!«

»Gemach, gemach, solange es keine Beweise dafür gibt, haben Sie nichts zu befürchten. Allerdings ist dieses Gerücht auch bis zum Landgrafen durchgedrungen. Er fordert völlige Aufklärung und die Bestrafung des Schuldigen. Wer immer es war, ihm droht die Todesstrafe.«

Der Junker wurde leichenblass.

»Aber doch nicht ich, das waren diese beiden Lehrlinge, die seit seinem Tod verschwunden sind, das weiß doch jeder.«

Der Baron ließ nicht locker.

»Diese beiden sogenannten Lehrlinge sollen aber schon drei Tage vor dem Tod des Meisters abgereist sein. Sehen Sie zu, dass Sie ihrer habhaft werden. Vielleicht gestehen sie bei der Anwendung einer peinlichen Befragung.«

Bei seinem letzten Satz hatte der Baron die Stimme gesenkt. Im Zeitalter der Aufklärung zweifelten schon viele daran, dass die Folter ein taugliches Mittel war, die Wahrheit zu erfahren. Friedrich II. hatte die Tortur zwar noch nicht endgültig verboten, ihre Anwendung jedoch ausgesetzt. Längst war klar, dass bei entsprechend hohem Schmerzpegel oder bei Todesangst ein Gepeinigter auch Dinge zugeben würde, die er nicht getan hatte. Nur so konnte aber der Junker den Verdacht loswerden, der auf ihm ruhte. Einer oder beide

Lehrlinge mussten dazu gebracht werden, ein Geständnis abzulegen.

Die Unterredung war beendet. Als der Fahnenjunker gerade den Raum verlassen wollte, schickte der Baron noch eine Frage hinterher:

»Wo ist eigentlich die Tochter des Müllers geblieben, die seit Monaten vermisst wird? Haben Sie eine Ahnung davon? Immer wenn ich den alten Müller der Brücker Mühle im Rat für grenzübergreifende Probleme treffe, spricht er mich darauf an.«

»Woher soll ich das wissen, was habe ich mit diesen Plebs zu tun«, antwortete der Hertenheimer ungehalten.

»Wir sollten das aufklären, mein Gefühl sagt mir, dass ein Zusammenhang mit Commentariolus' Tod besteht.«

Als der Junker gegangen war, saß der Baron noch lange nachdenklich am Tisch. Er glaubte nicht an die Unschuld des Hertenheimers, musste sich aber schützend vor ihn stellen, um die Ehre der adligen Familie nicht zu beschädigen.

Noch in dieser Nacht stieg der Fahnenjunker durch ein rückwärtiges Fenster ins Haus des Wagners ein, der mit seiner Ehefrau Agnes im Bett lag und schlief. Mit seinem Dolch stieß er die Schlafenden mehrmals in Brust und Hals. Das Ehepaar verblutete. Durch das verzweifelte Geschrei ihrer Kinder, die ihre Eltern in ihrem Blut liegend entdeckten, wurde der Nachbar auf der anderen Straßenseite wach und konnte noch erkennen, wie ein Mann zwischen zwei Häusern verschwand, zwischen denen der Fußweg zur Burg hinauf führte.

Die Kunde vom schrecklichen Tod des Wagners und seiner Frau verbreitete sich am nächsten Tag schnell im ganzen Dorf. Es gehörte nicht viel Fantasie dazu, sich zusammenzureimen, dass Zeugen der Ermordung von Commentariolus beseitigt worden waren. Längst hatten alle den Hertenheimer Fahnenjunker im Verdacht, der schon häufiger durch seine Menschenverachtung und gewalttätigen Übergriffe aufgefallen war. Spontan formierte sich ein Protestzug, der zur Burg hinauf zog. Der Baron verhielt sich besonnen und zog seine Soldaten zurück, die im Begriff waren, die Ansammlung gewaltsam aufzulösen. Statt dessen trat er vor die Dorfbewohner und sprach zu ihnen:

»Ich bedauere es sehr, dass nach dem Tod des Uhrmachers jetzt auch noch der Wagner und seine Frau ermordet wurden. Der Rat der Gemeinde wird am Freitag Nachmittag in meinem Beisein wieder zusammentreten, um die nötigen Maßnahmen zu besprechen. Bei dieser Gelegenheit möchte ich alle Dorfbewohner, die irgend etwas Verdächtiges bemerkt haben, bitten, ins Weiße Ross zu kommen und uns ihre Beobachtungen zu melden. Der Mord an Commentariolus wird außerdem von höchster Stelle, dem Gericht unseres Landgrafen, verfolgt. Wir werden den Mörder finden und seiner gerechten Strafe zuführen.«

Der Baron hatte seine Untertanen beruhigt. Er ging jedoch mit der Zeugenbefragung das Risiko ein, dass ein auf der Burg wohnender Adliger des Mordes überführt werden würde. Das durfte auf keinen Fall passieren. Die einfachste Lösung war, die verschwundenen Lehrlinge zu finden und unter einer besonders schmerzhaften Folter ein Geständnis zu erpressen.

Bei der Ratssitzung im Weißen Ross wurden die zahlreichen Zeugenaussagen von einem Schreiber protokolliert. Mehrere Frauen berichteten davon, dass Agnes ihnen unter dem Siegel der Verschwiegenheit erzählt habe, dass sie den Fahnenjunker mit einem blutbeschmierten Degen aus dem Haus des Uhrmachers habe kommen sehn. Der Baron wies diese Aussagen zurück, da sie aus zweiter Hand seien und ihren Ursprung in einer Person hätten, deren Glaubwürdigkeit man nicht mehr prüfen könne. Er konnte aber die Protokollierung nicht verhindern. Der Nachbar betonte noch einmal, er habe die beiden Lehrlinge mehrere Tage vor dem Tod von Commentariolus mit ihren Bündeln das Haus verlassen sehen. Eine enge Bekannte von Agnes gab zu Protokoll, dass der eine Lehrling vermutlich eine Frau gewesen sei. Als der Baron das hörte, wurde er blass. Mit einem Schlag war ihm klar, welches Drama sich im Dorf abgespielt hatte und wer dafür verantwortlich war.

Der Winter kam wie im Vorjahr schon im November mit heftigen Schneefällen. Die Ermittlungen in den Mordfällen hatten keinerlei Fortschritte gemacht. Das war in diesem Fall kein Wunder Von den verdächtigen Lehrlingen wusste man weder wie sie hießen, noch wo sie sich aufhielten.

Der junge Geselle des ermordeten Wagners zog mit seiner Frau und zwei Kindern in das Haus seines ehemaligen Meisters. Da keine erwachsenen Erben da waren, wurde ihm das Anwesen vom Rat kostenlos übereignet. Bedingung war, dass er die Verantwortung für Agnes' Kinder übernahm, die weiter dort wohnen durften und für deren Lebensunterhalt er sorgen musste. Weiter verfügte der Rat, dass den Kindern mit Erreichung des achtzehnten Lebensjahrs ihr Erbteil ausgezahlt werden müsse. Dafür musste der neue Wagner des Dorfs schon jetzt mit dem Sparen anfangen. An Arbeit mangelte es ihm nicht. Im Moment gab es allerdings mehr Reparaturen der Speichenräder von Feldkanonen, als von landwirtschaftlichen Karren und Wagen.

Der Fahnenjunker wurde ein zweites Mal zu einer Unterredung beim Baron zitiert. Seit der Befragung der Dorfbewohner im Weißen Ross lebte er in ständiger Angst, offiziell angeklagt zu werden. Sein Glück war, dass seit der Besetzung Cassels durch die Franzosen der Verwaltungsapparat des Landgrafen nicht mehr funktionierte.

Der Junker hatte Späher sowohl zu den umliegenden Mühlen als auch Uhrmacherwerkstätten geschickt, um Informationen über neu angekommene Lehrlinge zu erhalten, ohne Erfolg.

»Haben Sie die Lehrlinge finden können?«, begann der Baron das Gespräch. Der Junker schüttelte den Kopf.

»Dann verdoppeln Sie bitte ihre Anstrengungen, ich kann sie nicht beliebig lang schützen!«

Der Baron hatte noch ein anderes Thema, das in aller Munde war und das seine Untertanen gegen die Obrigkeit aufgebracht hatte. Es war die verschwundene Emilia, von der man wusste, dass sie vom Junker belästigt worden war. Die meisten Dorfbewohner nahmen an, dass sie von ihm gefangen gehalten und missbraucht wurde.

»Ich frage Sie: Wo ist die Müllerstochter?«

»Ich schwöre bei Gott, dass ich es nicht weiß!«

Der Baron wusste um die Verkommenheit des jungen Hertenheimers und dass er auf einen solchen Schwur nichts geben konnte.

»Ich erwarte Folgendes von Ihnen: Sollte sie wieder auftauchen, dürfen Sie ihr nicht näher kommen als dreihundert Fuß! Auch die Brücker Mühle dürfen Sie nicht mehr betreten!«

Er fuhr mit schneidender Stimme fort:

»Das ist eine Anordnung in meiner Eigenschaft als oberster Gerichtsherr von Schweinsberg, der Rat wird Ihnen ein entsprechendes Schriftstück aushändigen, Sie können wieder gehen!«

Die Taktik des Barons war ein Balanceakt. Einerseits musste er den unberechenbaren Fahnenjunker im Zaum halten, andererseits wollte er nichts tun, was den Mordverdacht gegen ihn erhärtete. Die Anordnung war sicher auch eine Maßnahme, seine Macht als Vorstand der Ganerbenschaft gegenüber der Hertenheimer Linie zu demonstrieren.

Zur selben Zeit musste der dringend Gesuchte, der Müllersgeselle Conrad, schwere Arbeit in seiner väterlichen Mühle leisten. Fast jeden Tag standen Fuhrwerke auf dem Hof, die Roggen und Weizen brachten. Das Abladen und Schleppen der Säcke über schmale Treppen und Leitern war Schwerstarbeit. Nach dem Abendessen fiel Conrad todmüde ins Bett, aus dem er beim ersten Hahnenschrei wieder aufstehen musste. Manchmal wurde auch durchgearbeitet. Jeden Morgen musste zuerst die Eisschicht zerschlagen werden, die sich auf dem gestauten Mühlteich gebildet hatte. Dadurch wurden größere Eisbrocken vermieden, die eine Gefahr für die Schaufeln des Mühlrads gewesen wären.

Emilia und Conrad hatten nur noch selten Gelegenheit, miteinander zu sprechen. In den wenigen Momenten, in denen sie nicht beobachtet wurden, machten sie sich Mut und erneuerten ihr Versprechen, für immer zusammen zu bleiben. Beim Abendessen versuchten sie nebeneinander zu sitzen, um die körperliche Nähe des anderen zu spüren. Wie wunderbare Zärtlichkeiten genossen sie Berührungen, die für alle am Tisch wie zufällig aussehen mussten.

Für die Mühle war jetzt Hauptsaison und es gab für die Belegschaft keine Erholungspausen. An Sonntagen ruhte zwar das Mahlwerk, nicht aber die Arbeit. Der Hof musste gekehrt und die Mühlenmechanik gesäubert werden. Vorsichtig wurde auch die Schicht aus feinstem Mehl abgewischt, die alles überzog. Das fein pulverisierte Mehl stellte eine tödliche Gefahr dar. Wenn es bei offenen Türen oder Fenstern durch einen

Luftstoß aufgewirbelt wurde, konnte es zu einer Mehl-staubexplosion mit verheerenden Folgen kommen.

Im Dorf wäre die sonntägliche Betriebsamkeit der Mühlenbelegschaft sicher unangenehm aufgefallen und sogar gemeldet worden. Es war strafbar, die Sonntagsruhe zu stören. Hier draußen, im abgelegenen Mühlbachtal, interessierte das niemand. Der Mangel an Überwachung hatte jedoch auch einen Nachteil. Er war schuld an einer seit Jahrhunderten misstrauischen Einstellung der Bauern und Handwerker gegenüber den Müllern, deren Beruf lang als unehrenhaft betrachtet wurde.

## 10

Für Conrad und Emilia wurde es Zeit, das Mühlbachtal wieder zu verlassen und zur Brücker Mühle zurückzukehren. Niemand hatte sie bis jetzt dazu aufgefordert, aber im März wurde schlagartig die Arbeit weniger. Es war der richtige Zeitpunkt, wieder die Bündel zu packen. Als Conrad beim Abendessen ihren Entschluss bekannt gab, herrschte eine betretene Stimmung. Die beiden hatten sich durch ihren Fleiß und ihre Geschicklichkeit die Anerkennung aller erworben. Als sie bereits am nächsten Morgen mit den guten Wünschen der betrübten Müllerin den Hof verließen, musste auch der alte Müller gegen seine Tränen ankämpfen. Alle wussten, dass eine ungewisse Zukunft vor den beiden lag, die zu den sich neu formierenden Kriegsschauplätzen in der Landgrafschaft Hessen aufbrachen.

Es gab kein Zurück mehr. Conrad und Emilia hatten den Wald erreicht und stapften auf dem schmalen Pfad die Flanke des Berges hinauf. Auf dem Plateau angekommen, warfen sie einen letzten Blick auf den Mühlenhof in dem kleinen Tal.

»Ich spüre, dass ich nie mehr hierher zurückkommen werde«, sagte Conrad traurig.

»Es ist der Ort, wo sich unsere Liebe zum ersten Mal erfüllt hat. Was wir hier erlebt haben, wird uns für immer aneinander binden«.

Conrad zuckte bei der Bemerkung Emilias zusammen. In einigen Tagen würden sie in der Brücker

Mühle sein, wo alle davon ausgingen, dass sie Hannes versprochen war.

Der Rückweg war aufreibend, da es ununterbrochen regnete. Die meisten Wege waren knöcheltief durchweicht. Nachts suchten sich die beiden einsam stehende Scheunen, in denen sie sich tief ins Stroh wühlten. Dort lagen sie eng umschlungen und hielten sich warm. Im südlichen Hessen lag ein Teil der französischen Armee noch im Winterquartier. Es war wichtig, keinen Patrouillen in die Hände zu laufen. Sie mussten vom Weg abweichen und wussten manchmal nicht mehr genau, wo sie waren. Nur die Himmelsrichtung stimmte. Es ging nach Norden.

Wenn sie sich abends hinlegten, schliefen sie vor Erschöpfung sofort ein. Conrad konnte spüren, wie angespannt Emilia war. Sie hatte ihre Haare nicht wieder geschnitten, sondern so zusammen gesteckt, dass der Knoten unter ihre Mütze passte. Die Gefahr einer Entdeckung war hoch. Sie war mit einem gefälschten Kundschaftspapier unterwegs, was schwer bestraft wurde.

Am fünften Tag waren sie endlich in Homberg an der Ohm angekommen. Von der Anhöhe, auf der dieser Ort lag, konnten sie Amöneburg sehen. In knapp zwei Stunden würden sie dort sein.

»Wohin wollen wir zuerst gehen?«

Man konnte Emilia die Aufregung anmerken, die sich ihrer nach so langer Abwesenheit von Zuhause bemächtigt hatte. Ihr war klar, dass sich ihre Eltern die größten Sorgen gemacht haben mussten und sicher befürchteten, dass sie nicht mehr am Leben sei. Hoffentlich würde man in ihrer Familie ihre Entscheidung verstehen, so lange ohne jedes Lebenszeichen untergetaucht zu sein.

»Wir besuchen zuerst Commentariolus und lassen uns berichten, was zwischenzeitlich geschehen ist.«

Emilia war einverstanden. Es war bestimmt besser, sich von dem Meister zunächst einmal über die Lage informieren zu lassen.

Schweinsberg war im Moment nicht besetzt. Außer der Burgbesatzung gab es kein Militär im Ort. Die beiden Heimkehrer wurden auch nicht weiter beachtet, als sie entlang der Dorfstraße zu Commentariolus' Haus gingen. Als Conrad den Klöppel an der Eingangstür mehrmals heftig niedersausen lies, kam plötzlich ein Kind aus dem Haus des Wagners gerannt.

»Kommt schnell mit!«

Die beiden sahen sich fragend an. In Conrad stieg ein ungutes Gefühl hoch. Als schließlich der ehemalige Geselle des Wagners sie eintreten ließ und sich dabei vorsichtig nach allen Seiten umsah, war klar, dass etwas nicht stimmte.

»Wo ist Agnes?«

Der Geselle beantwortete die Frage nicht, sondern zischte:

»Seid ihr wahnsinnig, hierher zu kommen. Ihr werdet wegen dreifachen Mordes gesucht!«

Conrad sah, wie Emilia totenblass wurde und hatte das Gefühl, dass ihm selbst gleich die Beine versagen würden.

»Wer wurde ermordet?«

»Wisst ihr das nicht?, erst der Uhrmacher und dann Agnes mit ihrem Mann.«

Die Nachricht war ein schlimmer Schock für die beiden. Eine Katastrophe war jedoch, dass sie der Tat bezichtigt wurden.

»Wir waren doch überhaupt nicht in Schweinsberg, wie sollen wir das getan haben?«, ließ sich Emilia mit schwacher Stimme vernehmen.

»Das ganze Dorf glaubt inzwischen, dass es der Fahnenjunker war. Die adligen Herren und der Rat, den sie beeinflussen, bezichtigen aber euch und haben das auch dem Landgrafen mitgeteilt, der sich in den Fall persönlich eingeschaltet hat. Niemand kennt jedoch bisher eure Namen.«

In diesem Moment kippte Emilia um. Der Wagner sprang hinzu und konnte sie gerade noch auffangen, wobei ihre Mütze vom Kopf fiel. Gemeinsam betteten die Männer sie auf die Küchenbank und legten ihre Beine hoch. Die Frau des Wagners brachte feuchte Tücher, die sie Emilia auflegte, die schnell wieder zu sich kam und verschreckt um sich blickte.

»Das ist ja eine Frau«, stellte der Wagner verblüfft fest.

»Wir wären euch sehr dankbar, wenn ihr das für euch behalten würdet.«

Der Wagner und seine Ehefrau erkannten nicht, dass es sich um die Tochter des Müllers der Brücker Mühle handelte, die sie nur ein paar mal von Weitem gesehen hatten. Conrad setzte ihr schnell die Kappe wieder auf.

»Ich werde mich stellen und meine Begleiterin soll ihres Weges gehen.«

»Ich gehe mit dir!«, protestierte Emilia.

»Nein, du gehst so schnell wie möglich nach Hause!« Der Wagner schaltete sich in das Gespräch ein.

»Ihr braucht doch nur von dannen zu ziehen, man wird nie herausbekommen, wer ihr seid.«

»Ich weiß«, entgegnete Conrad, »ich möchte aber bald bei einem Uhrmacher der Region meine Lehre weiterführen und später im Haus von Commentariolus wohnen, um seine Nachfolge anzutreten. Nicht der leiseste Hauch einer Schuld darf dann an mir haften.«

»Darum geht es nicht«, erwiderte der Wagner kopfschüttelnd, »die werden dir alle drei Morde anhängen und du wirst am Galgen enden.«

Conrads Entschluss stand fest. Er verließ das Haus und ging, ohne sich noch einmal umzusehen, die Dorfstraße hinunter bis zum Haus des Ratschöffs. Dort gab er sich als einer der Lehrlinge von Commentariolus zu erkennen und wurde sofort festgenommen. Der Ratschöff sperrte ihn in den Keller und schickte nach dem Fahnenjunker, der kurz danach mit zwei Wachsoldaten eintraf.

»Haben wir dich gemeinen Mörder endlich gefasst!«, rief er höhnisch aus.

»Ich bin unschuldig und freiwillig gekommen, um die Angelegenheit aufzuklären.«

»Das wird sich bei der Befragung zeigen.«

Der Junker fesselte die Hände Conrads auf dem Rücken und legte ein Eisen um seinen Hals, von dem ein Strick zum Sattelknauf seines Pferdes ging.

Demonstrativ zogen die drei Reiter, hinter denen ihr Gefangener herstolperte, drei Mal durch die Dorfstraße, die sich immer mehr mit Menschen füllte. Dann hörte man plötzlich Rufe wie »Der Fahnenjunker ist der Mörder!« was diesen veranlasste, seinen Gefangenen schnell in die Burg zu bringen. Conrad wurde ins Winterverlies des Hexenturms gebracht.

Zu diesem Zeitpunkt war Emilia bereits auf dem Weg zur Brücker Mühle. Sie hatte außer ihrem eigenen Bündel auch das von Conrad mitgenommen, das dieser beim Wagner hatte liegen lassen. Ihr Herz klopfte bis zum Hals, als sie die Mühlengebäude vor sich liegen sah. Ihr Vater und Hannes trugen gerade Säcke in die Scheune, als sie den Hof betrat. Sie blieb überwältigt stehen und ließ die Bündel fallen. Erst jetzt bemerkten sie die beiden Männer und stellten ihre zentnerschwere Last ab. Beide rieben sich die Augen.

»Emilia?!«, rief der Müller ungläubig, ging langsam auf sie zu, ergriff ihre Hände und blickte sie fest an.

»Wo warst du denn die ganze Zeit?«

Ihre Mutter kam aus der Küche auf den Hof gelaufen. Schluchzend fiel ihr ihre Tochter um den Hals. Hannes war zu geschockt, um seine Verlobte begrüßen zu können. Er starrte sie an wie eine Erscheinung. Alle hatten insgeheim befürchtet, dass sie nicht mehr lebte.

»Wir haben die Hoffnung nie aufgegeben, dich wiederzusehen, lass uns in die Stube gehen und hören, was du zu erzählen hast«, sagte die Mutter unter Tränen.

Sprachlos lauschten alle, was Emilia zu berichten hatte und verstanden, warum sie sich nicht mit einem Brief oder über einen Boten gemeldet hatte. Für die Untertanen des Barons gab es kein Postgeheimnis und die Gefahr, dass die Botschaft abgefangen worden wäre, war zu hoch. Die beste Nachricht für Emilia war die vom Rat Schweinsbergs bestätigte Verfügung des Barons, dass der Hertenheimer Junker sich ihr nicht mehr nähern durfte. Eine Kopie dieser Urkunde war auch dem Müller zugestellt worden.

»Damit stellt sich der Baron in der Öffentlichkeit so dar, als ob er auf Seiten der Bevölkerung wäre, uns soll es recht sein«, kommentierte Hannes die Verfügung.

Alle waren sich einig, dass Conrad in einer sehr misslichen Lage war. Man war entschlossen, ihm die drei Morde unterzuschieben. Auf Hilfe vom Baron konnte er nicht hoffen.

Hannes hatte den Bericht Emilias mit gemischten Gefühlen aufgenommen. Sie war ein Jahr mit Conrad zusammen gewesen, hatte ihn als Bursch verkleidet auf tagelangen Wanderungen durch Hessen und Baden begleitet. Es entging niemandem, wie ihre Augen leuchteten, wenn sie von ihm sprach. Hannes fühlte sich schwer gekränkt. Er ging in seine Kammer und hämmerte verzweifelt mit den Fäusten gegen seine Schläfen. Ihm würde es gerade recht sein, wenn sein Nebenbuhler gehängt wurde.

Dieser saß in diesem Moment auf dem Boden seines Gefängnisses auf einem Strohlager. Der Raum war nichts anderes als die die Hälfte des durch eine dicke

Mauer mittig geteilten ersten Stocks des Hexenturms. Die andere Hälfte war das Sommergefängnis. Der Unterschied zwischen beiden Verliesen bestand darin, dass es im Wintergefängnis einen offenen Kamin gab. In der hintersten Ecke hatte der mit einem gestampften Lehmboden versehene Raum ein tiefes Loch, das mit Sandsteinen gefasst war und als Toilette diente. In der Außenwand befanden sich kleine Fenster, die eher wie Schießscharten aussahen und durch deren schmale Öffnungen nur wenig Licht fiel. Die Eingangstür war extrem niedrig, sodass man sich zum Betreten des Gefängnisses tief bücken musste. Sie bestand aus dicken Eichenbohlen, die mit Eisenbändern beschlagen waren und konnte sowohl von außen verriegelt, als auch mit einem Kastenschloss abgesperrt werden. Im oberen Drittel der Tür befand sich eine Klappe, durch die das Essen in das Verlies gereicht werden konnte. Schon am ersten Tag fiel Conrad eine Fehlkonstruktion auf: Wenn die Essensklappe offen war, konnte man von innen durch die Öffnung greifen und die Riegel betätigen. Aus diesem Grund wurde die Klappe immer nur kurz geöffnet, um das Essen durchzureichen oder den Gefangenen zu kontrollieren. Der Wachsoldat hatte außerdem die Anweisung, trotz der beiden Riegel das äußere Kastenschloss der Tür immer verschlossen zu halten.

Schon am zweiten Tag seiner Gefangennahme wurde Conrad zum Verhör gebracht. Zur Klärung seiner Identität sollte er seine Kundschaft vorlegen. Er gab an, dass ihm sein Bündel mit dem Ausweispapier gestohlen worden sei. Außer den Kleidern, die er am Leib trage, besäße er nichts mehr. Er sei eigentlich ein Müllersgeselle auf der Wanderschaft, habe dann aber von Commentariolus eine Lehrstelle als Uhrmacher angeboten bekommen. Er sagte auch aus, dass der zweite Lehrling sich schon lange von ihm getrennt habe und er nur dessen Vornamen Emil kennen würde.

Der Baron teilte ihm mit, dass man noch auf die Entscheidung des Landgrafen warten würde, ob er nach Marburg oder Cassel überführt würde. Er müsse mit seiner Verurteilung und Hinrichtung rechnen. Wenn er schnell ein Geständnis ablegte, werde ihm vielleicht das Rädern erspart und er könne auf eine weniger qualvolle Methode der Exekution wie den Strick hoffen.

Am nächsten Tag erschien ein Gerichtsscherge und ein Schreiber in Conrads Zelle. Seine Fußgelenke wurde an einem eisernen Ring auf dem Boden festgebunden und seine Hände auf dem Rücken mit einer Kette gefesselt, die über einen Flaschenzug an der Decke lief. Dann zog man ihn hoch, wobei er gleichzeitig gestreckt wurde. Seine Arme bogen sich dabei nach hinten und waren kurz davor, auszukugeln. Die Schmerzen waren so bestialisch, dass er brüllte wie ein Tier. Er wurde wieder heruntergelassen und gefragt, ob er die Morde begangen habe. Leise aber bestimmt sagte er »Nein!«.

Der Folterknecht kam jetzt alle zwei Tage und wiederholte die Prozedur, die jedes Mal schmerzvoller wurde. Gleichzeitig wurde die Essensration verringert.

Conrad spürte, dass er mit jedem Tag schwächer wurde. Noch war sein Lebenswille aber nicht gebrochen.

Emilia wollte ihn unbedingt besuchen, wurde aber von Hannes mit der Begründung daran gehindert, dass ihr Besuch einen Hinweis auf ihre Verwicklung in den Fall geben könne. Statt dessen machte sich der Müller auf den Weg nach Schweinsberg. Er gab als Grund für seinen Besuch an, dass Conrad vor seiner Lehre Mitglied der Zunft der Müller gewesen sei. Er müsse ihm in dieser schweren Situation beistehen. Es wurde ihm gestattet, die Zelle zu betreten und unter Aufsicht kurz mit dem Gefangenen zu sprechen. Als das Gespräch zu Ende war, verließ der Wachsoldat das Verlies zuerst. Das nutzte Conrad, dem Müller ins Ohr zu flüstern:

»Ich brauche verschieden große Dietriche aus Commentariolus' Haus. Emilia weiß, wo sie sind.«

Die fortgesetzten Folterungen hatten den Handwerksgesellen sehr angegriffen. Er wusste, dass er das nicht mehr lange durchhalten würde. Die Regelmäßigkeit, mit der er gepeinigt wurde, zermürbte ihn. Zum Glück hatte er noch keinen bleibenden Schaden davongetragen. Trotzdem war er an einem Punkt angekommen, wo er bald alles zugeben würde, was man von ihm verlangte.

Der Baron schickte einen Bericht nach Braunschweig, wo sich der Landgraf im Exil aufhielt. Er teilte Friedrich II. mit, dass der Uhrmacherlehrling noch nicht gestanden habe. Den Landesherrn, der denselben Namen wie der preußische König trug, plagten im

Moment andere Sorgen. Er war ständig zwischen Kriegsschauplätzen unterwegs. Als General der preußischen Infanterie kämpfte er, wie schon in den Jahren zuvor, in Schlesien. Seine Landgrafschaft Hessen-Cassel war zu einem großen Teil von Franzosen besetzt, die im Moment massiv aufrüsteten.

Sie füllten ihre Magazine an Rhein und Main, führten frische Soldaten aus dem Mutterland heran und verstärkten ihre Festungen. Auch die Befestigungen Cassels wurden von ihnen ausgebaut. Durch eine Intrige der Marquise von Pompadour hatte der Herzog von Broglio das Oberkommando über die französische Hauptstreitmacht verloren. Ihrem Günstling, dem Prinzen von Soubise, sowie dem Marschall d'Etrées unterstanden jetzt über 100.000 Mann, die nördlich von Cassel lagen. Dazu kam die Armee des Prinzen von Condé mit 45.000 Mann, die vom Niederrhein aus gegen Westphalen operieren sollte. Die Vereinigung der französischen Armeen in Hessen hätte eine Streitmacht mit enormer Schlagkraft geschaffen, mit der man auf das linke Diemelufer und von dort weiter auf Paderborn und Bielefeld vorrücken wollte, um die alliierte britisch-hannoversche Armee unter Ferdinand von Braunschweig anzugreifen. Um das zu verhindern, entwickelte dieser eine Strategie, die Franzosen aus Hessen zu vertreiben und gegen den Main zurückzudrängen.

Der Mordfall Commentariolus war kein Thema mehr für den Landgrafen. Allerdings schickte seine Verwaltung ein Antwortschreiben, in dem angeordnet wurde, dass die wertvolle astronomische Uhr an einen sicheren Ort gebracht werden müsse, bevor sie zur Beute einer Kriegspartei würde.

»Durch den Transport wird sie garantiert eine Beute der Franzosen werden«, fluchte der Baron beim Lesen des Briefs. Er war der Meinung, dass ihm die Uhr zustand. Immerhin hatte er Commentariolus, der ein Bürger Schweinsbergs geworden war, jahrzehntelang finanziert.

Die bezüglich einer Täterschaft von Conrad vorgelegten Beweise wurden in dem Schreiben von einem Rechtsgelehrten der landgräflichen Justizverwaltung als unzureichend bezeichnet. Sie wären eher eine Ent- als eine Belastung. Da die Tortur demnächst landesweit abgeschafft werde, hätten die peinlichen Befragungen des Lehrlings sofort zu unterbleiben. Ein Geständnis unter der Folter habe keine Gültigkeit. Sobald Cassel wieder befreit sei, könne der Fall, obwohl der Beschuldigte nicht adlig sei, dem Oberappellationsgericht übertragen werden. Bis dahin solle der Lehrling inhaftiert bleiben.

Die Antwort war eine Ohrfeige für den Baron, der fest auf Unterstützung von höchster Stelle gehofft hatte. Die Folter musste zwar eingestellt werden, es gab aber noch genug Möglichkeiten, den Gefangenen zu quälen. Ab sofort bekam er nichts mehr von dem Holz für den offenen Kamin, das der Müller bereitgestellt hatte. Das Stroh wurde entfernt, sodass er auf dem blanken Lehmboden schlafen musste. Der jeweils eingeteilte Wachsoldat hatte den Auftrag, den Gesellen am Schlafen zu hindern, indem er alle viertel Stunde mit dem Gewehrkolben gegen die Essensklappe stieß.

Als Folge der Maßnahmen wurde Conrad schwer krank. Er bekam hohes Fieber und hustete ununterbrochen. Der Baron hatte jetzt Sorge, dass er sterben würde, ohne ein Schuldbekenntnis abgelegt zu haben. Er ließ einen Arzt holen und ab sofort wieder Brennholz und Stroh in das Verlies bringen.

## 11.

Der mit einer Plane überdachte Wagen, der von zwei Pferden gezogen wurde, erregte bei seiner Einfahrt in Schweinsberg viel Aufsehen. Auf jeder Seite des Gespanns ritten als Eskorte drei schwer bewaffnete hessische Grenadiere, die von einem Unteroffizier befehligt wurden, dessen Pferd nervös vorneweg tänzelte. Auf dem Kutschbock saß neben dem Fuhrmann ein gut gekleideter älterer Mann, der Hofuhrmacher aus Cassel. Der Trupp hatte es geschafft, unbehelligt durch französisch besetztes Gebiet zu kommen. Nachdem einer der Grenadiere den Weg erfragt hatte, bewegte sich das Gespann zielstrebig zu Commentariolus' Haus. Der Ratschöff wurde geholt, der die ganze Zeit den Schlüssel verwahrt hatte.

Nachdem der Unteroffizier zusammen mit dem Uhrmacher das Haus betreten hatte, hörte man einen Entsetzensschrei.

»Jemand hat die Uhr zerlegt!«

Die beiden Männer beratschlagten, was zu tun sei. Der Hofuhrmacher erklärte sich außerstande, das Räderwerk wieder richtig zusammensetzen zu können. Er wisse auch nicht, welche der herumliegenden Teile dafür benötigt würden. Inzwischen war der Baron eingetroffen und hatte sich das Malheur erklären lassen. Einer der Soldaten erklärte sich bereit, zurückzureiten, um neue Anweisungen zu erhalten. Diese Aktion konnte aber mehrere Tage dauern.

Der Baron musste nicht lange nachdenken, um die Lösung für das Problem zu finden. Er wusste nur nicht, ob sie auch vorteilhaft für ihn war. Dann rang er sich dazu durch.

»Der in meiner Burg wegen Mordes inhaftierte ehemalige Lehrling des Meisters weiß wahrscheinlich, wie die Teile zusammengehören. Ich vermute, dass er dabei war, als die Uhr zerlegt wurde.«

Conrad wurde aus seinem Verlies abgeholt und an Händen und Füßen gefesselt mit einem von vier Mann bewachten Karren wie ein Schwein, das zum Schlachten gefahren wurde, ins Dorf gebracht. Erst in Commentariolus' Haus wurden ihm die Fesseln abgenommen. Bleich und bei jedem Schritt schwankend, betrat er den Raum mit der astronomischen Uhr.

»Weißt du wirklich, wie die Räder zusammengehören?«, fragte ihn der Hofuhrmacher ungläubig.

Conrad nickte.

»Ich denke schon, ich habe die Uhr mit Commentariolus zusammen zerlegt. Hier müssten auch noch unsere Aufzeichnungen sein.«

Er entdeckte den letzten Zettel seines Meisters, der von dem Stich des Junkers durchbohrt war und hielt ihn hoch, damit ihn alle sehen konnten.

»Hier, seht nur, das war der Stoß eines Degens oder einer anderen Stichwaffe.«

»Das besagt gar nichts«, sagte der Baron.

Conrad setzte sich an den Tisch und studierte die Zeichnungen, die er zum Teil selbst gemacht hatte. Plötzlich begann der Raum, sich um ihn zu drehen. Dann wurde ihm schwarz vor Augen und er sackte auf seinem Stuhl zusammen.

»Bringt ein ordentliches Essen und Bier!«, ordnete der Baron an. Einer der Männer rannte ins Weiße Ross und kam kurz danach mit einem Topf mit Gemüse und Fleischbrocken und einer Kanne Bier zurück.

»Das wird ihn wieder auf die Beine bringen.«

Conrad aß und trank. Es war das erste richtige Essen, dass er seit seiner Inhaftierung bekam. Danach ging es ihm wesentlich besser und er machte sich voll konzentriert an seine Aufgabe. Ohne viel nachdenken zu müssen, setzte er Rad auf Rad zwischen die Platinen und Brücken. Außer dem Hofuhrmacher, der staunend dabei saß, waren nur noch zwei Soldaten der Eskorte anwesend und bewachten ihn.

»Ich brauche ein spezielles Werkzeug.«

Conrad stand auf und tat so, als würde er etwas suchen. Dabei öffnete er auch die Kiste mit den Dietrichen und nahm fünf Stück heraus, die er zunächst auf den Tisch legte.

»Das sind doch keine Uhrmacherwerkzeuge.«

Der Hofuhrmacher nahm einen der Dietriche in die Hand und sah ihn genauer an.

»Ich weiß«, antwortete Conrad, »ich benutze diese Hebel, um die Wellenzapfen in die dazugehörigen Lager zu drücken.«

Der erfahrene Uhrmacher schüttelte den Kopf. So etwas hatte er noch nie gehört. Da hier aber alles anders war, sagte er nichts. Als er nach einer Stunde plötzlich auf seinem Stuhl einschlief, steckte Conrad die Dietriche schnell und unbemerkt in seine Hosentasche.

Noch am Abend hatte er das astronomische Getriebe wieder zusammengesetzt und die Anzeigen des Astrolabiums, deren Stellung Commentariolus vor ihrer Entfernung markiert hatte, im richtigen Winkel auf die entsprechenden Wellen gesteckt. Der Hofuhrmacher klopfte auf der Tischplatte Beifall. Zusammen kurbelten sie die Zeit vom Tag der Zerlegung an durch und beobachteten vor allem den Lauf des sich schnell unter den Sternen bewegenden Mondes. Alles schien zu stimmen. Im Augenblick herrschte Neumond, was von dem Getriebe richtig angezeigt wurde.

»Ich werde dich lobend beim Landgraf erwähnen«, sagte der Uhrmacher und schüttelte Conrad die Hand, »wir könnten jemanden gebrauchen, der sich so gut mit astronomischen Uhren auskennt.«

Commentariolus' begabter Lehrling hatte aber schon wieder seine Fesseln angelegt bekommen und wurde auf dem Karren zurück in sein Verlies gebracht. Auf die Idee, seine Taschen zu kontrollieren, kam niemand.

Der Rückweg des Gespanns mit seiner wertvollen Fracht und seiner hessischen Eskorte war ein Himmelfahrtskommando durch von Franzosen besetzte Gebiete. Erst nach Tagen und vielen Umwegen erreichte der Trupp den geheimen Ort nördlich der Diemel, in dessen Burg die astronomische Uhr bis zur Befreiung Cassels versteckt werden sollte.

Eine Woche nach der anderen verging, ohne dass der Gefangene im Hexenturm ein Konzept oder gar eine Chance zum Ausbruch gehabt hätte. Das Verfahren gegen ihn konnte noch Jahre dauern. Glücklicherweise verbesserten sich die Bedingungen seiner Inhaftierung. Gelegentlich bekam er sogar etwas von den Resten des Essens, das in der Burg serviert wurde. In seiner Zelle war es nicht mehr so kalt, nachdem draußen sommerliche Temperaturen herrschten. Immer häufiger musste er daran denken, dass es nur noch wenige Monate bis zum September 1762 waren. Die schlimme Prophezeiung, die der Meister mit Hilfe des Astrolabiums verkündet hatte, betraf die Tage vom siebten bis zum einundzwanzigsten dieses Monats. Zu gerne hätte er die Konstellationen der Himmelskörper noch einmal überprüft, obwohl er keinen Zweifel hatte, dass die astronomische Uhr sie richtig angezeigt hatte.

Der Müller kam wieder einmal zu Besuch und berichtete, dass es keine Möglichkeit gäbe, ins Haus des Uhrmachers zu gelangen, da es abgeschlossen und alle Fenster vergittert seien. Conrad erzählte zur großen Überraschung seines Besuchers, wie er unter Bewachung die astronomische Uhr in Commentariolus' Haus wieder zusammengebaut habe, die danach abtransportiert worden sei, erwähnte aber die Dietriche nicht.

Er ließ Emilia vielmals grüßen und wiederholte das mit tränenerstickter Stimme drei Mal. Der Müller reagierte darauf unwirsch, weil es nur eine Bestätigung dafür war, was alle in der Mühle befürchteten: Seine Tochter und der Müllersgeselle aus dem Badischen waren ineinander verliebt.

Die letzte Phase des Krieges begann. Am achtzehnten Juni 1762 ließ Herzog Ferdinand von Braunschweig seine Armee am nördlichen Diemelufer Aufstellung beziehen. Für eine schnelle Überquerung des Flusses wurden von den Pionieren Pontonbrücken gebaut. Nach sechs Tagen war es soweit: 50.000 alliierte Soldaten überquerten die Diemel Richtung Süden. Bei Cassel Wilhelmsthal trafen sie auf die französische Streitmacht, der sie eine empfindliche Niederlage beibrachten. Sechstausend Franzosen verloren dabei ihr Leben.

Einen Monat später standen sich die feindlichen Armeen noch einmal nördlich von Cassel bei Lutterberg gegenüber. Wieder siegte Ferdinand. Ohne Cassel aufzugeben, zog sich jetzt die französische Armee auf breiter Front bis Homberg an der Ohm zurück. Die alliierten Verbände waren ihnen dicht auf den Fersen. Schon am Nachmittag des achtzehnten Juli rückten zwei Schwadronen in Amöneburg ein. Starke Kavallerieabteilungen drangen gegen Schweinsberg, den Ebsdorfer Grund und Marburg vor. Das nahe gelegene Kirchhain wurde besetzt. Von einem Tag auf den anderen lag die Brücker Mühle im Zentrum eines verheerenden Krieges, der sich zu seinem »Finale furioso« die Brücke über die Ohm ausgesucht zu haben schien.

Am laufenden Band zogen jetzt Kavalleriepatrouillen beider Seiten durch die Gegend, um die Position des Gegners auszuspähen. Wer nicht unbedingt auf die Straße musste, blieb im Haus. An der Brücker Mühle kamen kaum noch Fuhrwerke mit Getreide an.

General Condé, der mit seinen Truppen immer noch am Niederrhein stand, machte sich auf den Weg nach Hessen, um zum französischen Hauptheer zu stoßen. Alle Brückenköpfe der Ohm waren jedoch rechtsseitig von den Alliierten besetzt, so dass er weiter nach Süden ausweichen musste, wo die Vereinigung schließlich an der Nidda stattfand. Die gestärkte französische Streitmacht drängte jetzt entschlossen nach Norden Richtung Cassel. Am achten September standen sie schon wieder in Grünberg und am Tag darauf musste Herzog Ferdinand weiter zurück weichen und sein Hauptquartier wieder einmal in Schweinsberg aufschlagen.

Conrad bekam in seinem Verlies im Hexenturm die hektischen Aktivitäten mit. Durch die schmalen Fester konnte er auch Truppenansammlungen im Ohmtal beobachten.


Der Herzog stand mit mehreren Offizieren im ersten Stock des Haupthauses der Burg und studierte eine Karte. Neben ihm beugte sich der glatzköpfige Lord Granby über die Unterlagen, der dafür bekannt war, dass er keine Perücke tragen wollte. Er hatte zwei englische Brigaden, die er außer anderen Truppenteilen noch befehligte, in Schweinsberg liegen. Ständig liefen neue Spähtrupps ein und erstatteten Bericht. Die Lage war kritisch und die Alliierten zahlenmäßig den Franzosen unterlegen. Auch der Fahnenjunker, der wie immer das Kommando über die Wachsoldaten hatte, war zufällig im Raum anwesend.

»Ich habe noch dringende Anweisungen für General Hardenberg, der mit sechs Bataillonen einige hundert Schritt östlich der Brücker Mühle liegt«, sprach Ferdinand den Junker an, »nehmen Sie ein paar Mann und reiten Sie sofort los! Bleiben Sie möglichst weit von der Ohm weg und vermeiden Sie Scharmützel mit feindlichen Patrouillen!«

Damit drückte er dem Junker eine versiegelte Anweisung in die Hand. Dieser hatte wenig Lust auf einen solchen Einsatz und wollte noch »Ich darf mich aber der Müllerstochter nicht nähern« antworten. Das lächerliche Argument erstarb ihm aber auf den Lippen. Da er nicht wusste, was auf ihn zukommen würde, stellte er einen kleinen Trupp zusammen und zog auch den Wachsoldaten vor dem Verlies ab. Conrad hatte die lauten, hektischen Stimmen vor seiner Tür gehört und mitbekommen, dass eine Nachricht zu einem bei der Brücker Mühle liegenden Bataillon gebracht werden musste und dazu sein Bewacher eingeteilt wurde.

Niemand achtete mehr auf sein Verlies. Eine so gute Gelegenheit für einen Ausbruch würde so schnell nicht mehr kommen.


Er konnte von seiner Zelle aus den Himmel nicht beobachten, wusste aber, dass sich Mars bereits vor den Skorpionstern Dschubba geschoben hatte, wie es Commentariolus und die astronomische Uhr vor eineinhalb Jahren vorhergesagt hatten. Das kritische Zeitfenster war jetzt offen. In den nächsten Tagen würde sich das Schicksal der Müllersfamilie erfüllen. Er hatte zwar Emilia damals auf der Teufelskanzel von der

Prophezeiung berichtet, war aber überzeugt, dass sie das nicht ernst genommen und längst vergessen hatte. Er musste zur Mühle und alle warnen.

In den letzten Wochen war er nicht untätig gewesen. Mit einem feinen Dietrich aus Silberstahl aus dem Haus seines Meisters hatte er die Fugen eines großen Steins herausgekratzt, der direkt vor einem der Gitterstäbe eingemauert war. Der Brocken wackelte bereits. Wenn er sich entfernen ließ, konnte er vielleicht den dahinter liegenden Eisenstab heraus hebeln, den man als Brecheisen benutzen konnte.

Conrad arbeitete verbissen. Bald hielt er die kurze Eisenstange in der Hand. Er setzte sie erst an der Klappe für die Durchreiche an, die er mühelos aufbrechen konnte. Dann langte er durch die Öffnung und schlug mit Hilfe der schweren Stange die beiden Riegel auf. Noch war die Tür durch das Kastenschloss versperrt. Es war aber unmöglich, durch die Klappe hindurch einen Dietrich zur Anwendung zu bringen. Enttäuscht setzte sich Conrad auf den Lehmboden. Nachdem er länger mutlos vor sich hin gestarrt hatte, gab er sich einen Ruck. Mit roher Gewalt stieß er das Brecheisen in die Fuge zwischen Tür und Sandsteinfüllung. Er hebelte, drückte und schob den Stab schnell hin und her. Immer wenn ein Stück des Sandsteins abplatzte, setzte er die Stange genau an dieser Stelle neu an. Plötzlich bewegte sich die Tür und stand einen Spalt offen. Die Schrauben, mit denen das Kastenschloss befestigt war, hatten sich aus dem feuchten und leicht morschen Eichenholz gezogen. Jetzt reichte ein kräftiger Tritt und die Tür war offen.

Vom Hexenturm ging ein schmales Brücklein über den äußeren Zwinger der Burg in das Haupthaus. Ein Flur führte weiter in die große Halle, von der man in den Hof gelangen konnte. Direkt an der Tür stand ein Wachsoldat, an den sich Conrad von hinten heranschlich. Er schlug ihm die Eisenstange auf den Kopf, worauf der Mann bewusstlos zusammenbrach. Dann zog er ihn durch die direkt neben dem Eingang befindliche Tür in den leeren Rittersaal, zog ihm die Uniform aus und legte sie selbst an. Seine eigenen Kleider packte er zu einem Bündel zusammen und spazierte mit umgehängtem Gewehr zur Vorburg, wo er ein Stück Papier schwenkte, das er in der Tasche des Uniformrocks gefunden hatte. Dabei rief er den Wachen zu:

»Wichtige Nachricht vom Herzog für die Kompanie im Dorf!«

Damit war er draußen und wieder in Freiheit.

Es gab nur ein Ziel für ihn: die Brücker Mühle. Schweinsberg wimmelte nur so von englischer Kavallerie. Die Reiter waren im Begriff, einen Sammelplatz in der Nähe des westlichen Ortsausgangs zu erreichen. Damit er nicht auffiel, folgte Conrad einem dieser Züge. Auch wenn er eine andere Uniform anhatte und zu Fuß war, störte das niemanden. Er trug den Waffenrock eines Verbündeten.

An den heimlichen Schleichweg zur Mühle durch die Ohmniederung konnte er sich noch gut erinnern. Wenn er hier, fernab der Straße, in Uniform aufgegriffen worden wäre, hätte man ihn vielleicht für einen Deserteur gehalten. Schon von Weitem konnte er sehen, dass im Bereich der Brücker Mühle rechts und links der Ohm größere Truppenverbände lagerten. Er zog wieder seine eigenen Kleider an, warf die Uniform in den Fluss und kam unbehelligt an der Mühle an.

Schon seit Tagen hatten die Franzosen die alliierten Truppen bis Marburg vor sich her getrieben, um von hier weiter nach Cassel zu marschieren. Die noch immer von ihnen gehaltene Stadt sollte entsetzt werden. Der Vorstoß war über Wetter und weiter über Waldeck geplant. Die Alliierten erkannten diese Absicht und warfen die feindlichen Truppen am fünfzehnten September zurück über die Lahn. Darauf hin änderten die Franzosen ihre Strategie. Der Hauptstoß sollte jetzt über den Brückenkopf an der Brücker Mühle auf das rechtsseitige Ohmufer und weiter Richtung Norden erfolgen.

Weder der Müllersgeselle Conrad noch der Herzog von Braunschweig ahnten zu diesem Zeitpunkt etwas von den französischen Plänen. Conrad kannte jedoch die Prophezeiung seines Meisters, an die er fest glaubte. Mit den Worten »Ihr müsst alle einige Tage die Mühle verlassen!« stürmte er in die Küche, in der gerade die Frauen ein Essen zubereiteten. Ihnen fielen vor Schreck die Kochlöffel aus der Hand und die Magd erschrak so sehr, dass sie einen spitzen Schrei ausstieß, als sie den abgemagerten und laut schreienden Conrad hereinstürmen sah, den sie im Hexenturm von Schweinsberg wähnte.

Auch die im Gehöft arbeitenden Männer kamen herbeigeeilt. Conrad erklärte den sprachlosen Mühlenbewohnern, dass er ausgebrochen sei. Er müsse ihnen etwas Wichtiges mitteilen. Dann erzählte er alles über die Prophezeiung des Commentariolus. Der Müller wurde blass. Er glaubte an die alten Methoden der Weissagung und Sterndeutung, die schon die Babylonier vor 2600 Jahren angewendet hatten. Er selbst hatte sich vom Meister noch als erwachsener Mann ein Geburtshoroskop erstellen lassen. Die Koinzidenz seines persönlichen Horoskops mit den globalen Vorhersagen über einen schrecklichen Krieg war ihm neu. Er wusste aber genau, was es bedeutete: Er würde die nächste Woche vermutlich nicht überleben und vieles sprach dafür, dass seine gesamte Familie sein Schicksal teilen würde.

»Ich danke dir Conrad, dass du uns diese wichtige Nachricht gebracht hast. Ich werde aber nicht aus meiner Mühle weichen. Für mich ist sie wie ein Schiff auf dem weiten Ozean, dessen Kapitän ich bin. Ich bleibe hier!«

»Ich auch!«, sagte Hannes nach einer kurzen Pause. Er war nicht davon überzeugt, konnte aber seinen Müller in dieser schwierigen Situation nicht alleine lassen. Außerdem war es ja nicht sein Horoskop.

»Wir bleiben alle«, sagte jetzt die Müllerin,

»wenn es unser Schicksal ist und es Gott so gefällt, dann sollten wir uns nicht dagegen auflehnen.«

Conrad war entsetzt.

»Wie könnt ihr nur tatenlos darauf warten, bis ihr zwischen den Linien gewaltsam zu Tode kommt?«, und zu Emilia gewandt fuhr er fort:

»Du kommst mit mir!«

»Sie bleibt hier bei mir, ihrem Verlobten!«

Hannes hatte den Satz mit der ganzen aufgestauten Wut auf den Nebenbuhler herausgeschrien. Er machte Anstalten, auf Conrad loszugehen, wurde aber vom Müller zurückgehalten.

»Lass nur Hannes, wir müssen das alles in Ruhe besprechen.«

In diesem Moment kam im vollen Galopp der Trupp des Fahnenjunkers auf den Hof geritten.

»Ab ins Versteck«, zischte der Müller Conrad und Emilia zu, die sofort den Verschlag im Dach aufsuchten. Der Müller, Hannes und der Knecht traten hinaus auf den Hof:

»Haben Sie vergessen, dass Sie die Mühle nicht mehr betreten dürfen?!«

»Ich bin nicht gekommen, um deine Tochter mitzunehmen, Müller, ich musste gerade eine Anweisung des Herzogs bei General Hardenberg an der Ziegelhütte abliefern und bin auf dem Rückweg nach Schweinsberg. Ich will dich nur warnen: Du und deine Familie tun gut daran, für einige Tage zu verschwinden.«

»Vielen Dank für den wohlgemeinten Rat, wir haben hier sechs Kriegsjahre durchgehalten und werden auch jetzt nicht aufgeben, wo jeder weiß, dass der Krieg bald zu Ende sein wird.«

»Dich bestimmt nur die Sorge, dass deine Mühle ausgeplündert werden könnte, Müller, du solltest lieber Sorge um dein Leben haben!«

Der Fahnenjunker ritt mit seinem Trupp wieder zum Hof hinaus. Das Schicksal des Müllers interessierte ihn nicht wirklich. Er hatte nur die Befürchtung, dass der Müllerstochter etwas passieren könnte, die er noch lange nicht aufgegeben hatte.

Als er mit seinen Reitern wieder in der Burg von Schweinsberg ankam, war die Flucht des Häftlings aus dem Hexenturm noch nicht entdeckt worden. Der Junker kommandierte zwar wieder einen Wachsoldaten ab, der das Verlies bewachen sollte. Da es aber schon dunkel war, erkannte dieser nicht, dass die Tür aufgebrochen war. Erst am nächsten Morgen, als man dem Gefangenen seine tägliche Essensration durchreichen wollte, wurde seine Flucht entdeckt.

Der Baron tobte und schrie den Fahnenjunker an, er habe jetzt durch seine Nachlässigkeit die Rückversicherung in dem Mordfall verloren. Er solle sofort die Verfolgung des Lehrlings aufnehmen. Man könne sich ja vorstellen, wo er Unterschlupf gefunden habe.

Ohne lange nachzudenken, schwang sich der Junker aufs Pferd und ritt im Galopp zur Brücker Mühle, zu der er kaum noch durchkam. Nur zweihundert Schritt von der Mühle entfernt wurde eine zweiflüglige Schanze ausgehoben, die Platz und Deckung für hundert Männer bieten sollte. Als Ersatz lagen noch zweimal je hundert Soldaten weiter nach hinten versetzt, außerhalb der Reichweite des Gewehrfeuers der französischen Infanterie. Alle dreihundert Mann standen unter dem Kommando des Oberstleutnants von der Wense, der den Junker kannte und durchließ. Zur Verteidigung der Brücke wurden gerade zwei Dreipfünder und acht Sechspfünder Kanonen eingegraben. Aus Zeitmangel konnte der Schutzwall der Schanze jedoch nur einen Meter hoch aufgeworfen werden. Gleichzeitig wurde die Brücke über die Ohm mit Steinen, Ästen und Erdaushub blockiert.

Der Junker musste sein Pferd zurück lassen und über die verbarrikadierte Brücke klettern. Er wusste nicht, dass die Gebäude des Gehöfts bereits von zwölf hannoverschen Soldaten und einem Unteroffizier besetzt waren.

## 12.

Es war der zwanzigste September 1762. Französische Truppen umzingelten die Amöneburg und schlossen die Besatzung unter Hauptmann Kruse ein, der mit einem vierhundert Mann starken Bataillon und zweihundert Kommandierten aus verschiedenen Regimentern die Stadt verteidigte. Um den Ort sturmreif zu schießen, stellten die Franzosen Batterien zur Kanonade der Stadt und des Schlosses auf.

Der Junker war inzwischen bei der Brücker Mühle angekommen und betrat in blinder Wut mit gezogenem Degen den Hof, in dem Emilia gerade vor der Scheune Säcke zusammenlegte. Sofort stürzte er sich auf sie, packte sie und hielt sie wie ein Schutzschild vor sich. Seinen Degen drückte er gegen ihren Hals und schrie laut:

»Gebt den Mörder heraus oder sie stirbt!«

Inzwischen waren der Müller, Hannes und einige Männer der alliierten Besatzung auf den Hof geeilt. Der Junker war völlig verblüfft. Er hatte nicht damit gerechnet, dass alliierte Soldaten die Mühle besetzt hatten und ließ Emilia los, die auf den Boden stürzte. Das rettete ihr das Leben, da in diesem Moment aus Richtung der Hofeinfahrt Schüsse abgefeuert wurden. Im nächsten Moment kamen gut zwei Dutzend französische Soldaten auf den Hof gestürmt. Der Junker wurde von einem Schuss in den Rücken getroffen und brach über Emilia zusammen. Zwei Mann der Besatzung wurden angeschossen und krümmten sich vor

Schmerzen auf dem Boden. Der Rest der alliierten Besatzer sprang aus den rückwärtigen Fenstern der Mühle in die Ohm. Nachdem sie das andere Ufer erreicht hatten, versuchten sie, über die Wiese bis zur Schanze zu laufen, an der noch gearbeitet wurde. Inzwischen hatten aber die Franzosen die Fenster des Haupthauses erreicht und feuerten hinterher. Obwohl die Männer hinter der Schanze die Situation erkannten und durch den Beschuss der Fenster sofort Feuerschutz gaben, erreichte nur ein Mann der ehemaligen Mühlenbesatzung die rettende Deckung.

Hannes und Conrad trugen die beiden verwundeten Hannoveraner, die immer noch im Hof lagen, unter den Augen der französischen Soldaten in einen kleinen Raum im Erdgeschoss, wo sie von den Frauen verbunden wurden.


Die ganze Nacht hindurch waren die Franzosen bemüht, ihre Artillerie und Soldaten in eine optimale Ausgangsstellung zu bringen. Von der Brücke gruben sie entlang des linksseitigen Ohmufers einen langen Laufgraben bis zum Abhang der Amöneburg, um dort Geschütze und Truppen aufzustellen. Da der dichte Nebel sich erst am nächsten Tag um zehn Uhr auflöste, konnten sie ihre Aktionen über einen langen Zeitraum weitgehend ungestört und unbeobachtet ausführen.

Um fünf Uhr morgens begann ihr Angriff gegen die Amöneburg. Das Ziel war, eine Bresche in die Befestigungsmauer zu schießen, um durch diese Lücke Ort und Schloss zu erstürmen. Eine Stunde später begann

141

dann das Geschütz- und Kleingewehrfeuer gegen die Schanze des Oberstleutnants von der Wense. Um ihn zu unterstützen, eilte der General-Leutnant Zastrow mit sechs Bataillonen herbei und brachte auf dem Galgenberg, gegenüber der Amöneburg, acht Sechspfünder in Stellung, die das Feuer der Franzosen erwiderten. Trotzdem wuchs der Druck auf die Schanze weiter. Zastrow merkte schnell, dass er im Bereich der französischen Geschütze lag, die am Hang der Amöneburg eingegraben waren und nahm seine Stellung etwas zurück.

Für die Soldaten der Schanze war das Gewehrfeuer, das ihnen aus den höher liegenden Fenstern der Brücker Mühle entgegenschlug, besonders unangenehm, da der nur ein Meter hohe Erdwall dagegen nur ungenügend Schutz bot. Um dem Beschuss Einhalt zu gebieten, wurden zwei Sechspfünder Kanonen auf die rückwärtige Steinwand der Mühle gerichtet und mehrfach abgefeuert. Mit jedem Kanonenschuss wurde die Mauer des Haupthauses des Gehöfts ein Stück weit abgetragen. Schließlich brach ein Teil des Dachs zusammen.

Sämtliche Zivilisten im Mühlengehöft hatten sich mittlerweile in einem kleinen Gewölbe versammelt, in dem auch die Verwundeten lagen und betreut wurden. Nur Hannes fehlte und kämpfte im ersten Stock mit dem Gewehr eines gefallenen Franzosen gegen die Verteidiger der Brücke, bis der Lauf heiß geschossen war. Dann holte er die Pistolen aus dem Versteck und feuerte mit diesen ungenauen Waffen völlig wirkungslos in Richtung Schanze, bis eine Kanonenkugel dicht bei ihm einschlug. Gesteinsbrocken und Mörtel spritzten nach allen Seiten. Der Geselle des Müllers überlebte diesen Einschlag nicht. Er wurde von einem herumfliegenden messerscharfen Steinsplitter aus Basalt enthauptet.

Der Fahnenjunker hatte die vorausgegangene Nacht überstanden und lag schwer verletzt auf einer hölzernen Pritsche. Die Müllerin hatte ihn verbunden und Emilia hatte ihm ein Kissen unter den Kopf geschoben. Er war bei Bewusstsein und konnte sogar leise sprechen. Bei dem ununterbrochenen Geschützdonner konnte man jedoch nicht verstehen, was er sagte.

Inzwischen hatten die Franzosen mehrfach versucht, im Sturmangriff über die Brücke zu kommen, wurden aber zurückgeschlagen. General Zastrow belegte das Brückengelände mit dichtem Kartätschenhagel, wodurch ein Überschreiten der Brücke unmöglich wurde. Er schickte auch eine Nachricht an Herzog Ferdinand, dass ein massiver Angriff der Franzosen im Gange sei, der daraufhin die Hälfte seines Geschützparks in Bewegung setzte und selbst auf den Schauplatz des Gefechts eilte. Am späten Vormittag war auch Lord Granby mit seinem Corps und sechs hessischen Zwölfpfündern am Kampfplatz angekommen. Die Kanonen wurden am Galgenberg platziert.

Mit zäher Verbissenheit versuchten die Alliierten, den Gegner am Überqueren der Ohm zu hindern. Um die Mittagszeit wurde die Besatzung der Schanze von Infanteristen des hannoverschen Regiments Meding abgelöst, die sofort allen Versuchen der Franzosen, die Brücke zu überschreiten, den heftigsten Widerstand entgegen setzten.

Am Nachmittag steigerte sich das Feuer zur allergrößten Heftigkeit. Auf französischer Seite erschien Prinz Xaver von Sachsen mit Verstärkung. Die Alliierten führten die englische Garde, Bergschotten und Grenadier Bataillone ins Gefecht.

Um fünf Uhr nachmittags erreichte der Kampf seinen Höhepunkt. Die Verluste der Verteidiger der Schanze waren bereits beträchtlich, vor allem auch deswegen, weil die ständig nötigen Ablösungen über offenes Gelände erfolgen mussten. Das sonst übliche Marschieren in Formation wurde aufgegeben. Jeder einzelne Soldat musste bis zur Schanze und zurück um sein Leben laufen.

Die Verluste steigerten sich zu einer erschreckenden Höhe, da die niedrigen Brustwehren durch das Kanonenfeuer zum größten Teil abgekämmt waren. Die Verteidiger schichteten die Leichen ihrer Kameraden aufeinander, um dahinter Deckung zu finden. Schließlich gelang es den Franzosen doch, um etwa sieben Uhr das rechte Ufer der Ohm zu erreichen und dicht vor der Schanze anzukommen. Der Angriff wurde jedoch abgeschlagen und das Gefecht endete daraufhin nach einer vierzehnstündigen Dauer.

In der Brücker Mühle hatte sich den ganzen Tag hindurch niemand mehr aus dem Gewölbe hinaus getraut. Die noch immer von Franzosen besetzte Mühle war von zahlreichen Kanonenkugeln getroffen worden.

Die Gebäude hatten aber, wenn auch teilweise schwer beschädigt, standgehalten. Als gegen acht Uhr die französische Besatzung plötzlich abzog und der Gefechtslärm sich verzog wie ein abziehendes Gewitter, hielt es den Müller und seine Frau nicht mehr im Versteck. Sie wollten unbedingt wissen, wie schwer es ihr Gehöft getroffen hatte. Conrad, der befürchtete, die Prophezeiung könne sich doch noch erfüllen, versuchte, sie zurückzuhalten, doch sie hörten nicht auf ihn und betraten den Hof. Fassungslos standen sie vor ihrem schwer beschädigten Anwesen. Obwohl immer noch vereinzelt Kanonenschüsse zu hören waren, hatten sie keine Angst, dass eine dieser letzten Kugeln ausgerechnet die Mühle treffen würde. Doch genau das geschah. Nach einem Knall vom Galgenberg hörte man ein immer lauter werdendes Pfeifen. Auch Conrad hatte den Abschuss gehört und, ohne lang zu überlegen, seine Deckung verlassen. Dabei spürte er, wie ihn eine rätselhafte Kraft zurückhalten wollte. Wie bei einem starken Gegenwind musste er sich Schritt für Schritt nach vorne kämpfen und sich den übernatürlichen Mächten widersetzen. Schneller als die Kanonenkugel da war, hatte er den Müller und seine Frau erreicht und beide zu Boden gerissen.

Das Zwölfpfünder Geschoss schlug im Hof auf, wodurch die Pflastersteine herausgerissen wurden und wie Geschosse herumflogen. Auch die eiserne Kugel hob noch einmal ab und segelte nur eine Hand breit über die am Boden liegenden Personen. Der Müller hatte seinen Arm noch schützend über seine Frau legen wollen, als ein Pflasterstein ihm den ganzen

Unterarm abriss. Durch sein erbärmliches Schreien kamen jetzt alle in den Hof gestürmt. Er wurde von seiner Tochter verbunden und von Conrad und dem Knecht in einen weitgehend unbeschädigten Raum des Mühlengebäudes getragen, wohin man anschließend auch den Fahnenjunker und die beiden verletzten Hannoveraner brachte.

Bei der Suche nach Hannes wurde nur sein Körper gefunden, den man ebenso wie andere Gefallene in das Gewölbe brachte. Niemand hatte an diesem Tag etwas gegessen, sodass die Frauen in die Küche gingen, um ein Abendessen zuzubereiten. Die Mühlenbelegschaft nahm am Tisch der Wohnstube Platz. Nur der schwer verletzte Müller fehlte.

»Darf man mitessen?«

Alle Köpfe ruckten herum. In der Tür stand Herzog Ferdinand von Braunschweig, der Kommandeur der alliierten Truppen, mit zwei Ordonnanzoffizieren. Draußen sicherte seine Leibgarde das Gehöft.

Alle sprangen von ihren Stühlen auf und verneigten sich. Conrad fing sich am schnellsten.

»Es wäre uns eine Ehre, Eure königliche Hoheit!«

Der Herzog von Braunschweig nahm am Tisch Platz, während seine Ordonnanzen das Haus inspizierten. Kurz danach kamen sie zurück und erstatteten Bericht.

»Sie könnten hier nächtigen, königliche Hoheit!«

»Wenn es mir gestattet wird«, blickte Ferdinand in die Runde.

»Wer ist hier der Müller?«

146

»Er ist schwer verwundet«, beeilte sich Conrad zu sagen. Zusammen mit dem Herzog und den beiden Offizieren ging er in den Nachbarraum, wo die Verwundeten lagen.

»Holen Sie meinen Feldarzt!«, befahl Ferdinand beim Anblick der schwer Verletzten einem seiner beiden Offiziere, der sich sofort auf den Weg machte. Der Herzog hatte den Junker wiedererkannt, den er aus der Burg in Schweinsberg kannte.

»Wie geht es ihnen?«

Der Junker nickte nur schwach.

Der Müller, der unter großen Schmerzen litt, brachte etwas unbeholfen unter Verwendung der falschen Anrede »Euer Hochwohlgeboren« zum Ausdruck, welche Ehre es für ihn sei, wenn der berühmte Feldherr in seiner Mühle nächtigen würde.

Das Abendessen wurde aufgetragen. Ferdinand erklärte der Mühlenbelegschaft, dass es ihm leid tue, dass ihr Gehöft in diese schreckliche Auseinandersetzung hineingezogen worden sei, er würde veranlassen, dass die Müllersfamilie eine Entschädigung erhalten werde. Dann sagte er etwas, das Emilia abwechselnd rot und blass werden ließ:

»Es ist also kein Gerücht, dass die Müllerstöchter die schönsten Mädchen im Reich sind.«

Emilia bedankte sich artig für das Kompliment. Insgeheim dachte sie aber: »Nicht schon wieder!«

Während des Abendessens kamen ständig Boten mit neuen Nachrichten herein. Auch der Herzog, der sich in die vorderste Linie gewagt hatte, schickte mehrmals Anweisungen nach draußen.

Nachdem der Feldarzt hatte bestellen lassen, dass er Hunderte von Verletzten zu behandeln habe und im Moment nicht abkömmlich sei, rief der Herzog einen seiner Ordonnanzen herbei und befahl den Rücktransport des Fahnenjunkers nach Schweinsberg. Kurz danach wurde der Junker auf einer Bahre hinausgetragen. Im Lauf des Abends wurden noch weitere verwundete Soldaten in die Brücker Mühle gebracht und dort gewaschen und verbunden. Die Frauen arbeiteten bis zur Erschöpfung, um den teilweise schrecklich zugerichteten Infanteristen zu helfen. Einer nach dem anderen starb jedoch und wurde ins Gewölbe gebracht.

Am nächsten Morgen bereiteten die Frauen schon sehr früh für alle ein Frühstück zu. Behelfsmäßige Tische wurden aufgestellt. Wer immer in der Lage war, aufzustehen, setzte sich an den Tisch. Auch Herzog Ferdinand frühstückte inmitten seiner Soldaten. Hier konnte er Informationen bekommen, die ihn auf dem offiziellen Weg nie erreichen würden. Alle waren sich einig, dass sie so etwas Schreckliches wie den vergangenen Tag noch nicht erlebt hatten. Ein Unteroffizier der Artillerie aus Bückeberg berichtete dem Herzog von Braunschweig:

»Noch bevor es Tag war, feuerten die französischen Kanonier immer kreuzweis über uns. Wir taten keinen Schuss, bis wir etwas sehen konnten. Dann feuerten wir mit unseren acht Sechspfündern und zwei Dreipfündern zurück. Die Kompanie an der Schanze wurde alle halbe Stunde abgelöst, weil dann die Gewehre heiß geschossen waren. Die Infanteristen lagen auf dem Boden und wurden doch totgeschossen, weil die Schanze zu niedrig war.«

Alle lauschten gebannt seiner Schilderung. Der Unteroffizier wagte jedoch nicht, im Beisein seines höchsten Vorgesetzten so viel zu reden. Der Herzog ermutigte ihn aber:

»Fahr er fort!«

»Den ganzen Tag bekamen wir keinen Mund voll Brot. Wir konnten sehen, dass wir viele französische Kanonier totgeschossen haben. Ich hatte mit meinen Kanonen den rechten Flügel und nur einer meiner Kanonier, der arme Drinkhut, wurde tödlich getroffen. Vier wurden verwundet. Ich bat den Obristen, fünf neue Mann zu schicken. Die trugen mir Munition zu, sodass ich im Feuer bleiben konnte. Sonst hätten sie mich und meine Kanone kurz und klein geschossen.«

Stolz berichtete er noch, dass seine Geschütze elf Kanonen des Gegners außer Gefecht gesetzt hätten. Nachdem er Ferdinand um Erlaubnis gebeten hatte, den Tisch verlassen zu dürfen, ging er in den Nebenraum zu seinen verwundeten Untergebenen, von denen inzwischen noch einer gestorben war. Ein anderer hatte durch einen Stein ein Auge verloren, dem Pompardör Fischer waren zwei Rippen abgeschossen worden und Heine war unter eine Kanone geraten, wodurch sein Bein zerquetscht wurde.

Der Herzog hatte es plötzlich eilig. Es war unklar, was der heutige Tag bringen würde und er musste dringend die Lage mit seinen Kommandeuren besprechen, die in einem Zelt am Ransberg auf ihn warteten.

Der Junker war in seine Wohnung im Hertenheimer Haus der Burg gebracht worden. Schnell sprach sich herum, dass er im Sterben lag. Am Vormittag erschienen sein von schwerem Kummer gezeichneter Vater, der Baron, der Pfarrer, der Rathschöff und ein Schreiber des Rats, um den der Junker gebeten hatte. Als alle versammelt waren, winkte der junge Adlige den Pfarrer heran und flüsterte ihm etwas ins Ohr.

»Er will eine wichtige Aussage machen!«

Der Baron, der insgeheim gehofft hatte, das leidige Problem eines des Mordes beschuldigten Mitglieds seiner Familie jetzt bald vom Hals zu haben, erschrak. Ihm war sofort klar, was der Sterbende zu Protokoll geben wollte. Das musste er unbedingt verhindern. Zu den anderen gewandt, sagte er:

»Ich möchte als oberster Vertreter unserer Familie mit dem Junker kurz unter vier Augen sprechen. Er wird vielleicht nur mir sagen, was ihm auf dem Herzen liegt, bevor er vor seinen Schöpfer treten muss.«

Widerspruchslos verließen alle den Raum. Als sie gegangen waren, zögerte der Baron keinen Moment. Er ergriff ein Kissen und presste es fest auf das Gesicht des Junkers, der noch einmal seine letzten Kräfte zusammennahm und sich strampelnd zur Seite winden konnte. Der Baron warf das Kissen fluchend in eine Ecke des Raums. Er beugte sich über den Sterbenden und kam seinem Gesicht ganz nah:

»Dieses Geständnis werden Sie nicht ablegen, wollen Sie vor der Geschichte als Mörder dastehen!?«

Das Gesicht des Hertenheimers verzog sich zu einem hämischen Grinsen. Dann entspannten sich seine Gesichtszüge und er starb.

»Eben hat ihn der Teufel geholt«, murmelte der Baron.

Das Entsetzen der Anwesenden war groß, als sie den Raum wieder betreten hatten und feststellen mussten, dass der Fahnenjunker nicht mehr lebte. Der Baron schüttelte bekümmert seinen Kopf:

»Ich konnte seine letzten Worte nicht mehr verstehen. Es tut mir sehr leid.«

Niemand zweifelte daran.

Der Tag brachte zum Glück keine Wiederholung des für beide Seiten verheerenden Artilleriegefechts. Die Franzosen richteten ihr Augenmerk jetzt auf Amöneburg und brachten weitere Geschütze in Stellung, um Schloss und Stadt einzunehmen. In dieser aussichtslosen Situation entschied sich Hauptmann Kruse schließlich für eine ehrenvolle Kapitulation. Die gefangenen Franzosen wurden entlassen und die fast sechshundert Mann der Besatzung zogen durch das Lindauer Tor aus der Stadt. Amöneburg war wieder in französischer Hand, in der Hand seiner Verbündeten. Kruse und seine Männer schlossen sich den Alliierten auf dem anderen Ohmufer an.

Die Schlacht an der Brücker Mühle hatte auf beiden Seiten insgesamt 527 Tote gefordert. 1363 Soldaten waren verletzt worden. Zehntausend Kanonenschüsse waren abgegeben worden. Der Widerstand der alliierten Truppen hatte zwar die Franzosen am Überschreiten der Ohm gehindert, eine besondere militärische Bedeutung hatte das Gefecht jedoch nicht mehr gehabt.

Die Bewohner der Brücker Mühle begannen sofort mit dem Wiederaufbau des Gehöfts. Das Dach, das Obergeschoss und die rückwärtige Wand des Haupthauses waren schwer beschädigt. Auch die Nebengebäude und der Hof hatten große Schäden abbekommen.

Dem Müller ging es nach zwei Wochen wieder besser, nachdem er tagelang bei hohem Fieber zwischen Leben und Tod geschwebt hatte. Schon bald gab er wieder Anweisungen, wie der Wiederaufbau zu erfolgen habe. Das Haupthaus bekam ein neues Obergeschoss aus Fachwerk, auf das ein Ziegeldach gesetzt wurde. Die Schäden am Mahlwerk waren gering, sodass ein eingeschränkter Mühlenbetrieb schon nach vier Wochen wieder aufgenommen werden konnte.

Conrad schuftete achtzehn Stunden am Tag und lebte in ständiger Angst, abgeholt zu werden. Sein Glück war, dass der Baron nach dem Tod des Fahnenjunkers kein Interesse mehr hatte, den Fall wieder aufzurollen. Man konnte nie wissen, welche neuen Verdachtsmomente sich dann gegen den verstorbenen Fahnenjunker ergeben könnten. Außerdem lebte Conrad jetzt im Bereich des Amts Amöneburg. Der Baron hatte keinen direkten Zugriff auf ihn.

Trotzdem war die ständige Ungewissheit eine Qual. Sobald Fremde im Mühlengehöft erschienen, flüchtete Conrad in den kleinen Gewölbekeller.

»Das ist kein Zustand«, griff Emilia selbstbewusst das Thema beim Abendessen auf, »ich habe eine Idee, wie wir das Problem lösen können.«

Alle Augen richteten sich gespannt auf sie. Längst sahen alle in ihr die neue Müllerin an der Seite Conrads.

»Ich habe damals bei Conrads Verhaftung sein Bündel mitgenommen, in dem sich seine Kundschaft befand.«

»Wie sollte ihm das helfen?«, fragte der Müller verständnislos.

»In dieser Kundschaft ist der Zeitpunkt des Übertritts von Hessen nach Baden eingetragen. Das war am Tag der Ermordung von Commentariolus. Conrad konnte es demnach nicht gewesen sein.«

Alle klatschen vor Erleichterung Beifall zu Emilias detektivischem Talent. Der Müller organisierte eine Anhörung vor dem Rat von Schweinsberg bei der nächsten Sitzung im Weißen Ross. Zu diesem Termin nahm er Emilia mit, nicht aber Conrad. Dieser hatte es vorgezogen, auf dem Terrain des Kurfürstentums Mainz zu bleiben, um einer eventuellen neuen Verhaftung zu entgehen. Nachdem Emilia die Kundschaft vorgelegt hatte, holte einer der Ratsmitglieder ein wichtiges Beweisstück aus einer schwer gesicherten Truhe. Es war die Sackuhr von Commentariolus. Sie war mit dunklen Blutspritzern übersät, das Glas war zersplittert und das Gehäuse eingedrückt. Die Uhr wurde herumgereicht und alle konnten sich davon überzeugen, zu welcher Uhrzeit und an welchem Datum sie stehen geblieben war. Es war genau der

Tag, an dem Conrad die hessisch badische Grenze überschritten hatte. Er war rehabilitiert. Ein Protokoll wurde angefertigt, in dem der neue Sachverhalt beschrieben wurde. Damit man in dem Fall nicht ohne Verdächtigen dastand, wurde der zweite Lehrling, von dem nur der Vorname Emil bekannt war, der Tat verdächtigt. Emilia hatte Mühe, sich nicht anmerken zu lassen, dass sie selbst dieser Emil gewesen war.

Eine Kopie des Protokolls wurde an den Landgrafen geschickt, der nach der Befreiung Cassels am ersten November von seinem Exil in Braunschweig in seine Residenz zurückgekehrt war.

# 13.

Am dritten November 1762 schlossen England und Frankreich einen Vorfrieden in Fontainebleau. Daraufhin boten die französischen Marschälle dem Herzog von Braunschweig Waffenstillstandsverhandlungen an. Am achten November kam es im Brücker Wirtshaus zu einem Treffen, das zunächst ergebnislos blieb. Eine Woche später erhielt Herzog Ferdinand vom englischen König Georg III. die Vollmacht, den Waffenstillstand auszuhandeln. Am Nachmittag des fünfzehnten November luden die französischen Marschälle D'Estrées und De Soubise den Herzog erneut ins Wirtshaus an der Brücker Mühle ein, wo der Waffenstillstand unterzeichnet wurde. Danach gaben sie in einem Raum, dessen östliche Wand von dutzenden Kanonenschüssen durchlöchert war, ein Essen für den alliierten Oberbefehlshaber.

Am nächsten Tag kam Ferdinand noch einmal an der Brücker Mühle vorbei und war erstaunt, wie weit der Wiederaufbau vorangeschritten war. Emilia hatte sofort die Flucht ergriffen und sich versteckt, als sie den mächtigen Mann den Hof hatte betreten sehen. Nach einem kurzen Gespräch mit dem Müller fragte er doch tatsächlich:

»Wie geht es seiner Tochter?«

»Wir haben alle wieder Hoffnung«, wich der Müller der Frage aus, worauf sich der Herzog wieder verabschiedete.

Die Region um Amöneburg war völlig ausgeblutet. Kornspeicher und Fruchtböden waren leer gefegt. Das Schloss, die Häuser und die Befestigungsanlagen waren schwerstens beschädigt. Überall herrschte große Not. Der Mangel an Getreide machte sich auch bei der Brücker Mühle bemerkbar, die nur ein Viertel der Menge zu mahlen hatte, die sonst um diese Zeit üblich war. Der Müller hatte einen neuen Gesellen aufgenommen, der fast nur beim Wiederaufbau des Gehöfts, anstatt beim Mühlenbetrieb eingesetzt wurde.

Conrad und Emilia waren nun täglich zusammen. Dadurch ergaben sich immer wieder Gelegenheiten, unbeobachtet miteinander zu reden. Noch hatte Conrad den Müller nicht gefragt, ob er ihm seine Tochter zur Frau geben würde. Es wäre ihm so kurz nach Hannes' Tod geschmacklos vorgekommen. Die Frau des Müllers drängte ihren Mann, sich zu der Angelegenheit klar zu äußern. Für den Müller kam eine Verbindung aber nur in Frage, wenn Conrad seine Meisterprüfung ablegen würde. Dann stände einer Heirat nichts im Wege. Die ganze Problematik war schwebend, weil niemand den Anfang machte, darüber zu reden.

Nach Hannes' Tod hatte sich Emilia verändert. Sie machte sich für sein Verhalten am Tag der Kanonade verantwortlich und litt unter Depressionen. Seit Conrad aufgetaucht war, hatte Hannes gespürt, dass sie ihn nicht mehr als Mann haben wollte und sehr darunter gelitten. Bei dem schrecklichen Gefecht um die Brücke hatte er den Tod im Kampf gesucht und gefunden. Davon war Emilia überzeugt. Wenn sie vorher das schlechte Gewissen geplagt hatte, weil sie ihren Verlobten mit Conrad betrogen hatte, waren nach Hannes' Tod daraus schwere Schuldgefühle entstanden.

Der Müller war mit seinem Einspänner zur Ratssitzung in Schweinsberg gefahren. Conrad überwachte gerade die Rüttelanlage, als Emilia den Raum betrat. Da niemand zugegen war, lief sie auf ihn zu und umarmte ihn. Er hielt sie fest im Arm, blieb aber unbeweglich stehen.

»Wann werden wir meinen Eltern sagen, dass wir heiraten wollen?«

»Das wäre jetzt noch zu früh, lass uns damit ein halbes Jahr warten.«

»Der neue Geselle sieht mich immer so an. Er ist sehr tüchtig und mein Vater ist von ihm begeistert. Wir sollten wirklich nicht mehr so lange warten. Mein Vater will mich verheiraten, damit die Mühle auch weiterhin in den Händen der Blutlinie ist.«

»Ich weiß«, sagte Conrad nur und merkte im selben Moment, dass er sich bald entscheiden musste.

Jetzt im Spätherbst lag das Ohmtal fast täglich unter mächtigen Nebelbänken, die manchmal den ganzen Tag hindurch nicht mehr verschwanden. Die kahlen Äcker und Wiesen waren mit Reif überzogen. Es gab einige wenige Tage, an denen die Sonne noch genug Kraft hatte, den Nebel aufzulösen. Am Nachmittag stiegen dann die Temperaturen und die Landschaft begann in der schräg stehenden Sonne rot zu leuchten. An einem solchen Tag ging Conrad an der Ziegelei vorbei, den Weg zum flachen Galgenberg hinauf und setzte sich dort hin, nicht weit entfernt von der Stelle, von der so mancher Verbrecher aber auch Unschuldige zum letzten Mal ins Ohmtal geblickt hatten, bevor sich der Strick um ihren Hals gestrafft und zugezogen hatte. Um ein Haar wäre es ihm selbst so gegangen.

Von hier hatte die schwere Artillerie der Alliierten die Geschütze der Franzosen zerschossen und war am Ende selbst ein Opfer der feindlichen Kanonenkugeln geworden.

Conrad hatte die ganze Zeit eine quälende Entscheidung vor sich hergeschoben. Er musste sich darüber klar werden, ob er Müller bleiben oder mit der Uhrmacherlehre weiter machen wollte. In der Mühle hofften sie nach Hannes' Tod, dass er und Emilia nach seiner Meisterprüfung heiraten und die Mühle weiter betreiben würden. Er wusste nur, dass er Emilia auf jeden Fall heiraten wollte, gleichgültig, welchen Weg er einschlagen würde.

Die Entscheidung wurde Conrad abgenommen. Einige Tage später ging ein Schreiben des Hofuhrmachers aus Cassel beim Rat in Schweinsberg ein und wurde von dort zur Brücker Mühle weitergeleitet. In der Nachricht wurde kurz erläutert, dass der Landgraf weitgehende Pläne habe, Cassel zu einer Stadt nach französischem Vorbild auszubauen. Zahlreiche prachtvolle Bauten und Museen seien unter der Leitung des Oberhofbaumeisters und Architekten Simon Ludwig du Ry geplant. Die Stadtmauern würden demnächst geschliffen, um die weitere Ausbreitung der Stadt zu ermöglichen.

Die weltweit berühmten und komplizierten Uhren, Himmelsgloben und wissenschaftlichen Instrumente des Astronomisch Physikalischen Kabinetts sollten umfangreich dokumentiert und ausgestellt werden. Vor allem die Zeitmesser mit ihren Astrolabien habe man fast zweihundert Jahre lang völlig vernachlässigt. Ihr Messing sei fleckig, der Stahl verrostet und das Öl eingetrocknet. Sie müssten alle zerlegt, dokumentiert, gesäubert und wieder zusammengesetzt werden und vor allem – sie sollten dann wieder funktionieren. Am Schluss des Schreibens kam der Hofuhrmacher auf den Punkt: Conrad sei mit seinem Wissen und Geschick unentbehrlich für diese Aufgabe. Man erwarte ihn in Cassel. Sobald die Arbeiten abgeschlossen seien, würde er zum Uhrmachergesellen ernannt.

Das Schreiben ließ keinen Zweifel daran, dass er so schnell wie möglich nach Cassel zu kommen hatte. Der Landgraf persönlich hatte es angeordnet. Conrad hatte kaum eine Wahl. Obwohl nichts davon im Schreiben stand, schwang als Druckmittel zwischen den Zeilen mit, dass er wegen der Morde doch noch vor das Oberappelationsgericht zitiert werden könnte.

Als er nach dem Abendessen der ganzen Mühlenbelegschaft den Brief vorgelesen hatte, waren alle sehr bestürzt. Emilia brach in Tränen aus. Der alte Müller konnte sich nicht mehr zurück halten und brauste auf:

»Dann brauchst du um die Hand meiner Tochter gar nicht mehr anzuhalten!«

Das war deutlich genug. Sofort herrschte eisiges Schweigen am Tisch. Nur Emilia weinte immer lauter, bis der Müller sie aufforderte:

»Jetzt hör schon auf, du dumme Gans!«

Sie rannte aus dem Raum und Conrad sofort hinterher. Er konnte sie gerade noch daran hindern, von einem der rückwärtigen Fenster in die Ohm zu springen.

»Mach doch so etwas nicht!«

Er nahm sie in seinen Arm und sie wurde ruhiger.

»Gleichgültig was passieren wird, wir haben uns das Versprechen gegeben und ich werde mich daran halten. Das darfst du keine Sekunde lang vergessen!«

Er küsste sie und sie standen noch lange am Fenster des Raums, in dem Hannes sein schreckliches Ende gefunden hatte. Draußen lief das Mühlrad wie das Rad einer Uhr und erinnerte Conrad an die neuen Aufgaben, die auf ihn zukamen.


Wieder einmal musste er sein Bündel schnüren und die Brücker Mühle verlassen. Die ganze Mühlenbelegschaft verabschiedete ihn auf dem Hof. Die Müllerin hielt ihre weinende Tochter im Arm. Conrad versprach, nach Erledigung seiner neuen Aufgabe so schnell wie möglich hierher zurückzukommen. Niemand außer Emilia glaubte daran. Der Müller war in Gedanken bereits bei einem neuen Schwiegersohn. Seine Tochter schwor aber in diesem Moment, niemand anderen zum Mann zu nehmen als Conrad. Eher würde sie unverheiratet bleiben und eine alte Jungfer werden.

Conrad reiste mit der Postkutsche nach Cassel. Zusammen mit dem Schreiben hatte die landgräfliche Verwaltung etwas Geld geschickt, um ihm jetzt, zu

Beginn des Winters, das mühsame Wandern zu ersparen. Das zeigte aber auch, welche Bedeutung man ihm bereits zumaß. Es hatte sich sowohl am Hof als auch in der Stadt schnell herumgesprochen, dass ein Müllersgeselle eine der kompliziertesten Uhren der Welt ohne jede Dokumentation wieder zusammengesetzt hatte. Wie üblich bei sensationellen Nachrichten wurde die Geschichte immer mehr übertrieben und bald hieß es, der Müllersgeselle habe die astronomische Uhr mit verbundenen Augen im Knien zusammengesetzt. Wenn er es nicht geschafft hätte, wäre er enthauptet worden.

Conrad war also schon eine Legende, bevor er schließlich am Neustädter Tor von Cassel aus der Kutsche stieg. Der Eingang in die Stadt wurde durch eine komplexe Anlage mit bollwerkartigen Vorbauten gesichert. Zuerst kam ein mächtiges Außentor, dann ging es über die Zugbrücke, die den Stadtgraben überspannte und vor der das Wachhaus stand. Es folgte ein stark befestigtes Innentor mit einem schweren Fallgatter. Mensch und Vieh drängten sich durch die dunklen Gewölbe der Anlage. Die Gefahr von Unfällen war sehr groß. So erzählte ein Handwerksgeselle, der vor Conrad in der Reihe stand, dass vor Kurzem am Zwehrener Tor eine Frau von einem Ochsen aufgespießt worden sei.

Conrad wartete geduldig in der langen Schlange, bis er endlich nach zwei Stunden kontrolliert wurde. Nachdem er seinen Namen genannt und seine Kundschaft zusammen mit dem landgräflich versiegelten Schreiben vorgelegt hatte, wurde er sofort eingelassen, auch wenn die Wachen ihn wegen seiner armseligen Kleider misstrauisch musterten. Sie hatten strikte Anweisung, keine Bettler, Landstreicher oder herrenloses Gesinde in die Stadt zu lassen. Am nächsten Tag erschien sein Name in der Casselischen Polizey- und Commerzien-Zeitung, in der alle Neuankömmlinge vermerkt wurden.

In Cassel herrschte trotz der kalten Jahreszeit ein unbeschreibliches Treiben. Zwischen den Handwerkern, die geschäftig ihre Karren durch die Straßen schoben und den Mitarbeitern der zahlreichen Manufakturen, die mit großen Körben auf dem Rücken durch die Gassen eilten, waren die zahlreichen Fremden unterwegs, die die berühmte Residenzstadt besichtigen oder hier Geschäfte machen wollten. Manche ließen sich in Sänften herumtragen, andere fuhren mit Kutschen.

Üblicherweise bekam man als Besucher nur für vierundzwanzig Stunden eine Aufenthaltserlaubnis und brauchte eine Kontaktadresse, zum Beispiel einen angesehenen Bürger, über den man den Zugang zu den Sehenswürdigkeiten bekam. Conrad brauchte das alles nicht und durfte unbefristet hierbleiben. Er musste sich jedoch unter Vorlage seines Schreibens bei der Polizeikommission als neuer Bürger der Stadt melden. Den Nachweis über ein bisher ehrbares Leben brauchte er nicht erbringen, da er auf Einladung des Landgrafen kam.

Es war eine völlig neue Welt, die er erlebte und die von dem idyllischen Mühlbachtal, aus dem er stammte, nicht unterschiedlicher hätte sein können. In den großen Geschäftsstraßen und auf den öffentlichen Plätzen flanierten feine Herrschaften. Die Straßen waren gepflastert und von schönen Häusern eingerahmt. Vor allem das Bürgertum nahm jetzt, am Ende des Krieges, einen gewaltigen Aufschwung. Die Beseitigung der Kriegsschäden und die Bauprojekte des Landgrafen Friedrich II. kurbelten die Wirtschaft gewaltig an. Es gab Stimmen, die behaupteten, der Landgraf würde das alles nur zu seinem Ruhm und zu seiner Ehre betreiben. Außerdem sei er Glanz und Pracht verfallen. Es war nicht wichtig, da er alles dafür tat, aus Cassel die schönste Residenzstadt des Reichs zu machen. Davon profitierten alle. Bezeichnend für ihn war, dass er im Gegensatz zu vielen anderen Fürsten nach dem Ende des Krieges keine neue Residenz, sondern ein Museum plante, das später Fridericianum genannt werden sollte.

Der Hofuhrmacher hatte sein Haus in der Nähe der landgräflichen Residenz. Er war in dritter Ehe verheiratet. Sechs seiner Kinder lebten noch bei ihm. Conrad hatte sich nach der Adresse durchgefragt und klingelte am Eingang des Fachwerkhauses. Die Frau des Uhrmachers öffnete und wollte die Tür gleich wieder zuschlagen, als sie den heruntergekommenen Müllersgesellen vor sich stehen sah. Conrad hielt ihr schnell das Schreiben unter die Nase. Sie konnte es zwar nicht lesen, erkannte jedoch das landgräfliche Siegel und ließ ihn herein. Kurz danach kam ihr Mann von der Arbeit und begrüßte Conrad überschwänglich. Er wusste genau, dass seine eigene Anstellung gefährdet war, wenn er die vom Landgraf gestellte Aufgabe nicht würde lösen können. Als erstes bekam Conrad neue Kleider. Er hatte noch nie so feine Gewänder getragen und kam sich vor wie ein neuer Mensch. Er bezog eine Dachkammer im Haus des Hofuhrmachers und vertrieb dadurch die siebzehnjährige Tochter Sophia, die jetzt wieder mit ihren jüngeren Geschwistern in einem Zimmer schlafen musste. Vorsichtshalber erkundigte sich sein Gastgeber noch, ob denn die Mordanklage fallen gelassen worden sei. Conrad zeigte ihm seine Kundschaft, die klar belegte, dass er es nicht gewesen sein konnte, was den Mann sichtbar erleichterte.

Schon am nächsten Tag ging er mit dem Uhrmacher zur Arbeit ins Ottoneum, einem früheren Theater, das jetzt als Haus für die landgräflichen Kunstsammlungen genutzt wurde und aus allen Nähten platzte. Hier befand sich die Uhrenkammer, sowie das physikalische, optische und mathematische Zimmer mit den astronomischen Geräten.

»Siehst du den Zwehrenturm auf der anderen Straßenseite?«

Conrad nickte.

»An den alten Befestigungsturm direkt anschließend soll in einigen Jahren ein großartiges Museum entstehen, zehnmal größer als das Ottoneum. Als erstes europäisches Museum wird es für eine breite Öffentlichkeit zugänglich sein. Unser Landgraf möchte, dass möglichst viel Menschen seinen Glanz und seine Herrlichkeit bestaunen können.«

Die mit modernen Uhrmachermaschinen ausgestattete Werkstatt des Hofuhrmachers lag direkt neben dem

Kunsthaus. Hier arbeiteten ständig zwei Gesellen und vier Lehrlinge. Normalerweise wäre Conrad in der Hierarchie an letzter Stelle eingeordnet worden. Es dauert jedoch keine Woche, bis alle Mitarbeiter nur noch machten, was er sagte. Allein der Hofuhrmacher behielt seine Autorität. Er bestimmte, welches Stück sie sich als nächstes vornahmen und steuerte den Ablauf der Arbeiten. Um die Bedeutung des neuen Lehrlings zu unterstreichen, ernannte er ihn zu seinem Stellvertreter.

In der Uhrenkammer war auch Commentariolus' astronomische Uhr aufgebaut. Bei ihrem Anblick schossen Conrad Tränen in die Augen. Diese Uhr hatte sein Schicksal bestimmt. Wie schön wäre es gewesen, wenn der Meister noch da gewesen wäre. Jetzt lag die Verantwortung für das komplizierte Räderwerk bei ihm allein. Das Datumswerk zeigte immer noch den Tag an, an dem er aus seinem Verlies geholt worden war, um die Uhr wieder zusammenzusetzen. Mit der Kurbel drehte er das Astrolabium langsam weiter, während alle Mitarbeiter der landgräflichen Werkstatt voller Hochachtung hinter ihm standen.

»Während ich hier drehe, erfüllt sich euer Schicksal«, sagte Conrad mit bedeutungsschwerer Stimme, worauf die Gesellen und Lehrlinge gleich noch einen Schritt nach hinten machten, um einen gehörigen Abstand von der unheimlichen Maschine zu bekommen, deren glänzende Messingzeiger einen verirrten Sonnenstrahl an die Decke warfen, so, als wolle der Himmel selbst sich mit dieser Kosmosmaschine verbinden.

Das schwierigste Problem der Arbeit an den Uhren und Messgeräten, die Zerlegung der komplizierten Mechanismen oder Getriebe, von denen es meistens keine Dokumentation gab, wurde zu Conrads exklusiver Aufgabe. Er war der einzige, der wieder zusammensetzen konnte, was Tage und Wochen vorher zerlegt worden war. In seinem Kopf existierten scheinbar unauslöschliche, dreidimensionale Abbilder der Räderwerke. Den Gesellen und Lehrlingen blieb das Säubern und Polieren, das Nachschneiden und Richten der Räder und Triebe, sowie die Aufarbeitung der Gehäuse.

Jeder Arbeitsschritt wurde in Skizzen und Beschreibungen festgehalten. Bald konnte die erste restaurierte Uhr wieder im kleinen Ausstellungsraum präsentiert werden. Das wurde vom Hofuhrmacher sofort dem Landgrafen gemeldet, dessen besonderes Interesse in der Erfassung und Aufarbeitung der alten Techniksammlungen bestand. Unter der Regierung seines Vorfahren aus dem sechzehnten Jahrhundert, Wilhelm IV., der selbst ein großer Astronom gewesen war, waren einzigartige Uhren und Globen entstanden, die einen unermesslichen Wert darstellten. Ihre Wiederherstellung trug unmittelbar zur Steigerung des Ansehens und Vermögens der Landgrafschaft bei.

Conrads Ruf verbreitete sich schnell im ganzen Reich. Es war nur eine Frage der Zeit, wann er Angebote von anderen Fürstenhöfen bekommen würde. Um seine Abwanderung zu verhindern, bot man ihm ein Gehalt von hundert Reichstalern im Jahr an, bei freier Kost und Logis. Üblich wäre gewesen, dass er die Lehrstelle als Uhrmacher hätte bezahlen müssen. Statt dessen hatte er plötzlich für seine Verhältnisse Geld im Überfluss.

Er fing an, das Stadtleben zu genießen und konnte es sich leisten, in einem der vielen Gasthäuser für etwa zweihundert Heller ein umfangreiches Menü zu bestellen, bestehend aus Suppe, Gemüse und Braten, nebst Nachtisch aus Früchten und Kuchen. Anschließend gönnte er sich noch einen Kaffee mit Milch und Zucker, der zusätzlich fünfzig Heller kostete. Vor einem halben Jahr hätte er noch nicht einmal das einfache Domestikenessen für dreißig Heller bezahlen können.

Der Hofuhrmacher nahm seinen immer berühmter werdenden Lehrling jetzt öfters in sein Stammlokal mit, in dem seine Tochter Sophia bediente und das kurioserweise »Zur alten Wiesenmühle« hieß. Dort traf er regelmäßig höher stehende Mitarbeiter der landgräflichen Verwaltung.

Sophia beugte sich beim Bedienen einmal so über Conrad, dass sein Kopf bis über die Ohren in ihrem Busen versank. Nachdem er rot wie eine Tomate wieder zum Vorschein gekommen war, lachten die alten Männer am Stammtisch brüllend mit Ausnahme des Hofuhrmachers, der die Szene weniger witzig gefunden hatte, da er um den Ruf seiner Tochter besorgt war. Später, als alle reichlich betrunken waren, suchte Sophia immer wieder mit Hilfe ihrer schwingenden Hüften im Vorbeigehen den Körperkontakt zu Conrad, den sie dadurch immer mehr verwirrte.

Es war noch kein halbes Jahr vergangen und die Erinnerungen an seine Zeit in der Brücker Mühle verblassten langsam. Nur bei Emilia weilten seine Gedanken fast jeden Tag. Mit Schrecken stellte er aber fest, dass auch ihr Bild immer verschwommener wurde. Er hatte bisher keine Nachricht von der Mühle bekommen und selbst noch keinen Brief geschrieben, den ohnehin nur der Müller hätte lesen können.

Die Tochter des Hofuhrmachers bemühte sich rührend darum, Conrad ein angenehmes Zuhause zu ermöglichen. Sie putzte seine Kammer, wusch seine Kleider und sorgte dafür, dass immer eine Kanne Wasser und eine saubere Schüssel zum Waschen bereitstanden. Wenn sie am Tisch das Essen auftat, gab sie Conrad das größte Stück Fleisch. Ihre jüngeren Geschwister neckten sie schon damit, dass sie in den Lehrling verliebt sei. Der Hofuhrmacher betrachtete diese Entwicklung mit Wohlwollen. Seinem Schützling stand eine große Karriere bevor. Er würde viel schneller als üblich zum Gesellen und Meister aufsteigen. Außerdem war er mit seinem Einkommen schon jetzt in der Lage, eine Familie zu versorgen.

Als Conrad wieder einmal mit einem der Uhrmachergesellen aus dem Ottoneum im Gasthaus »Zur alten Wiesenmühle« speiste, waren sie die letzten Gäste. Beide hatten viel von dem dunklen Starkbier getrunken und stützten sich gegenseitig beim Verlassen des Lokals. Kurz danach kam Sophia aus dem Gasthaus, die denselben Heimweg wie Conrad hatte und sich seiner annahm. Sie hakte ihn unter und versuchte, seinen Gang zu stabilisieren, wobei sie ununterbrochen lachen musste. An einem offenen Hoftor schwankte er so stark, dass er über seine eigenen Füße stolperte und in die dunkle Einfahrt hineinfiel. Sophia beugte sich erschrocken über ihn, um zu sehen, ob er unverletzt war. In diesem Moment legte er seinen Arm um ihren Nacken und zog ihren Kopf langsam gegen seinen, bis sich ihre Wangen berührten. Von seinem eigenen Mut erschreckt, stieß er sie sogleich wieder weg, sprang auf, verlor dabei den Halt und stieß mit der Stirn gegen den Sandsteinpfosten der Einfahrt. Eine große, stark blutende Platzwunde öffnete sich. Schnell war sein Gesicht blutüberströmt. Sophia brachte ihn nach Hause, wo sie ihn verband und ins Bett brachte. In der darauffolgenden Nacht kam sie nach ihrer Arbeit wieder spät in seine Kammer, um die Wunde zu versorgen. Von da ab wiederholte sich das jeden Tag. In Conrad wuchs die Sehnsucht nach ihrer rührenden Fürsorge und ihren sanften Berührungen. Um standhaft zu bleiben, dachte er an Emilia, wenn sein Verband gewechselt wurde, nur — Emilia wurde ihm immer fremder.

## 14

Die Monate in Cassel vergingen wie im Flug. In der Stadt herrschte im Sommer eine noch nie da gewesene Geschäftigkeit. Die Bauprojekte des Landgrafen bestimmten das Bild der Stadt. Friedrich II. war einmal sogar persönlich im Ottoneum vorbeigekommen. Es schien eine spontane Entscheidung gewesen zu sein. Conrad hatte vom Fenster der Werkstatt beobachtet, wie mehrere prächtige Kutschen im Steinweg vorfuhren. Eine berittene Wacheinheit sperrte das Gelände des zukünftigen Museums ab, das vom Landgrafen, seinem Architekten Simon Ludwig du Ry und mehreren Hofangestellten begangen wurde. Anschließend kam die ganze Gruppe ins Ottoneum, um die bereits restaurierten Uhren zu besichtigen. Der Hofuhrmacher hielt eine kurze Ansprache und bat dann Conrad, die Führung zu übernehmen. Vorher flüsterte er ihm noch zu, so wenig wie möglich zu reden. Es misslang. Die erlauchte Gesellschaft hörte einen brillanten Vortrag, bis schließlich der Hofuhrmacher eingriff und sich bei dem Landgrafen für den Redeschwall seines Zöglings entschuldigte. Friedrich II. winkte lächelnd ab:

»Wir brauchen hier keine Hofetikette. Der Vortrag des Lehrlings war höchst amüsant.«

Mit diesen Worten ging der Landgraf auf Conrad zu, dankte ihm und schüttelte ihm die Hand.

Nachdem der ganze Trupp wieder gegangen war, standen dem Hofuhrmacher Schweißperlen auf der Stirn. Er sagte jedoch nichts mehr, da er genau wusste, wie sehr die eben stattgefundene Präsentation seiner Uhrmacherabteilung genutzt hatte.

Anfang September kam ein Brief für Conrad, den Emilia hatte schreiben lassen. Sie teilte ihm mit, dass ihr Vater gestorben sei. Er habe die Verletzung nie ganz überwunden und plötzlich Schüttelfieber bekommen. Obwohl er mit Heilkräutern behandelt und schließlich noch sein ganzer Arm amputiert worden sei, habe es nichts mehr genutzt. Er sei eine Woche nach Mariä Himmelfahrt gestorben. Der Brief endete mit der »sehnlichsten Bitte« Emilias, dass Conrad wieder nach Hause kommen möge.

Die Situation war im Moment schwierig für die Mühlenbelegschaft, da es in der Blutlinie kein männliches Mitglied mehr gab, das in den Pachtvertrag hätte einsteigen können. Damit war das Vorpachtrecht im Grunde schon erloschen. Das Amt Amöneburg hatte Emilia aber mitgeteilt, dass man, wenn sie einen Müller ehelichen würde, ihm den Vorzug vor anderen Bewerbern geben würde. Voraussetzung war, dass die Pacht weiter gezahlt wurde, der volle Betrieb der Mühle gewährleistet war und, wie schon die ganze Zeit, vom angelieferten Getreide der kurmainzer Bauern der Zehnt eingezogen und zur Zehntscheune gebracht wurde.

Conrad wusste nichts von alledem, als er sich mit der Postkutsche auf den Weg machte. Er hatte sich zwei Wochen freigeben lassen und dem Hofuhrmacher versprechen müssen, rechtzeitig zurück in Cassel zu sein.

Als er nach seiner langen Abwesenheit schließlich wieder im Ohmtal ankam, ergriff ihn eine heftige Wiedersehensfreude. Schon von Weitem konnte er die Amöneburg auf dem mächtigen und alles überragenden Basaltkegel liegen sehen. Nachdem die Pferde im munteren Trab den letzten flachen Hügel überwunden hatten, lag direkt vor ihm die Ohm mit der Brücker Mühle. Es war ein sonniger und warmer Tag. Die Landschaft war in dunkelgrüne und braune Flächen gegliedert. An einigen wenigen Stellen leuchteten die ersten Baumkronen in Gelb und Rot. Die Luft war frisch und klar. In der Ferne zeichneten sich die Konturen der Lahnhöhen ab. Dahinter lag Marburg.

Als der Heimkehrer den Hof der Brücker Mühle betrat, schlug sein Herz heftig. Gerade wurde von zwei Männern, die Conrad für Knechte hielt, ein mit Säcken beladener Karren entladen. Sie hörten bei seinem Anblick sofort mit der Arbeit auf und grüßten. Der Grund lag in seiner feinen Bekleidung und dem Hut, den er trug. Emilia kam mit einem Eimer aus dem Haupthaus und erkannte ihn nicht gleich. Erst als er »Emilia!« rief, wurde ihr klar, wer vor ihr stand.

Sie fielen sich in die Arme und hielten sich eine Ewigkeit lang umschlungen, dann trat sie einen Schritt zurück:

»Du bist so fein gekleidet, ich schäme mich meiner Kleider und meines Aussehens.«

Conrad lachte und beruhigte sie:

»In ganz Cassel gibt es keine so schöne Frau wie dich. Dafür gibt es dort die schönsten Kleider zu kaufen.«

Noch auf dem Hof kam Emilia auf den Punkt.

»Ich habe meinem Vater auf dem Sterbebett versprechen müssen, dass ich hier in der Mühle bleibe, ich kann nicht mit nach Cassel kommen.«

Dann stellte sie Conrad die beiden Männer vor, die den Karren entladen hatten. Es waren Gesellen aus nicht weit entfernten Mühlen. Der eine kam sogar aus der Ohäuser Mühle bei Schweinsberg.

Seit es ihrem Vater immer schlechter gegangen war, leitete Emilia die Brücker Mühle mit viel Geschick. Sie, nicht ihre Mutter, saß jetzt beim Abendessen am Kopf des Tisches.

Conrad war sehr nachdenklich geworden. Ihm war klar, dass der verzweifelte Ruf nach ihm nur einen Grund hatte: Emilia wollte wissen, ob er sie noch heiraten wollte. Das war aber nicht alles. Er sollte auch der neue Pächter der Brücker Mühle werden. Das war kein Wunsch, sondern eine Bedingung. Aus dem unsicheren sechzehnjährigen Mädchen, dass er vor zwei Jahren zum ersten Mal getroffen hatte, war eine Frau geworden, die genau wusste, was sie wollte. Seit sie die Mühle leitete, war ihr Selbstbewusstsein stark gestiegen. Was ihr fehlte, war ein Ehemann, der von Beruf Müller war.

Die ganze Nacht hindurch konnte Conrad keinen Schlaf finden. Er wälzte sich unruhig auf seiner Lagerstatt hin und her. Einmal wünscht er sich, die zärtliche Sophia aus Cassel würde sein Zimmer betreten und seine Platzwunde an der Stirn behandeln, dann wieder verzehrte er sich vor Sehnsucht nach der schönen Müllerstochter. Erst um vier Uhr morgens schlief er ein. Eine halbe Stunde später klopfte es an seine Tür. Aus tiefem Schlaf gerissen, schreckte er hoch. Emilia klopfte noch einmal, dann betrat sie seine Kammer. Sie stand kurz vor seinem Lager und sah auf ihn hinunter, bis sich die Konturen seines Gesichts aus der Dunkelheit schälten. Dann schlüpfte sie zu ihm ins Bett und flüsterte:

»Wir haben uns das Versprechen, Mann und Frau zu sein, schon lange gegeben, damals in der Mühle deiner Eltern, als ich dich nachts besucht habe.«

»Das haben wir und es gilt für alle Zeit. Es wäre aber normal, dass du deinem zukünftigen Ehemann überall hin folgst und ihm gehorsam bist.«

Emilia lächelte.

»In welchem Jahrhundert lebst du? Wir befinden uns im Zeitalter der Aufklärung. Auch wenn wir hier auf dem flachen Land sind, mitten im rückständigen deutschen Reich, in England und Frankreich gibt es bereits Forderungen nach der Gleichstellung der Frau.«

»Was du nicht alles weißt, dabei kannst du nicht einmal lesen.«

Emilia schwieg trotzig. Fast eine viertel Stunde verging, ohne dass jemand etwas sagte. Durch Conrads Kopf schossen widerstrebende Gedanken. Er war als Kind in einer Mühle aufgewachsen und liebte den traditionellen Beruf des Müllers. Andererseits ging von der Uhrmacherei und der Residenzstadt Cassel ein großer Zauber aus. Es war die schöne neue Welt des Landgrafen, in der er und Emilia jedoch nicht glücklich werden konnten.

»Es ist alles gut«, sagte er, »ich bleibe hier bei dir.«

Die Mühlenbelegschaft musste an diesem Morgen lange auf ihren neuen Brotherrn warten. Umso länger es dauerte, umso mehr hellten sich die Gesichter der Knechte und Mägde auf. Zum ersten Mal nach dem Tod des Müllers und der darauf folgenden Zeit der Unsicherheit und Trauer schwebte wieder eine leichte und unbekümmerte Stimmung über dem Mühlengehöft. Durchs Haus schallte das dumpfe Rumpeln des Mahlgangs und die gleichmäßigen Vibrationen der Rüttelmaschinen und überdeckten alle anderen Geräusche. Als Conrad und Emilia schließlich um die Mittagszeit erschienen und bekannt gaben, dass sie bald heiraten würden, stießen ihre Mitarbeiter Freudenrufe aus und ließen sie hochleben. Nur die alte Müllerin, die noch völlig in Schwarz gekleidet war, weinte erbärmlich.

Conrad kehrte noch einmal nach Cassel zurück, um dem Hofuhrmacher seine Entscheidung mitzuteilen. Der Mann war erst geschockt, fand dann aber einen Kompromiss. In nur wenigen Tagen legte er in Abstimmung mit der landgräflichen Verwaltung einen neuen Vertrag vor, der vorsah, dass Conrad einmal im Monat mindestens drei Tage nach Cassel kommen müsse, um die laufenden Projekte zu begutachten und dringende Fragen zu klären. Außerdem solle er in Notfällen gerufen werden können. Ein solcher »Notfall« sei gegeben, wenn die Arbeit stockte, weil man mit einem komplizierten Mechanismus nicht weiter kam.

Man bot ihm für die Wahrnehmung der neuen Aufgabe weiterhin hundert Reichstaler im Jahr an. Außerdem würden die Reisekosten übernommen. Conrad musste nicht lange nachdenken und unterschrieb den Vertrag.

Der Hofuhrmacher war nicht glücklich über die neue Regelung, es war aber immer noch besser, als den genialen Uhrmacher ganz zu verlieren.

Sophia zog wieder in ihre Kammer, in der sie sich einsperrte und drei Tage lang weinte. Dann ging sie wieder ihrem Beruf als Bedienung im »Gasthaus zur Wiesenmühle« nach.

*Die Brücker Mühle*